有树陪着的日子

谭德晶 著

百花洲文艺出版社
BAIHUAZHOU LITERATURE AND ART PRESS

图书在版编目（CIP）数据

有树陪着的日子 / 谭德晶著 . -- 南昌：百花洲文
艺出版社，2025. 1. -- ISBN 978-7-5500-4918-5

Ⅰ . I227

中国国家版本馆 CIP 数据核字第 20244WG422 号

有树陪着的日子

YOU SHU PEIZHE DE RIZI　　　谭德晶　著

出 版 人　陈　波
责任编辑　杨　旭
装帧设计　文人雅士文化传媒
出 版 者　百花洲文艺出版社
地　　址　南昌市红谷滩区世贸路 898 号博能中心一期 A 座 20 楼
电　　话　0791-86895108（发行热线）0791-86171646（编辑热线）
邮　　编　330038
经　　销　全国新华书店
印　　刷　廊坊市海涛印刷有限公司
开　　本　880 毫米 X1230 毫米　1/32
印　　张　13
字　　数　82 千字
版　　次　2025 年 1 月第 1 版
印　　次　2025 年 1 月第 1 次印刷
书　　号　978-7-5500-4918-5
定　　价　85.00 元

赣版权登字 05-2024-291

网址：http://www.bhzwy.com
图书若有印装错误，影响阅读，可与承印厂联系调换

目　录

○ 第四辑　有树陪着的日子

009

"情往似赠，兴来如答"

—— 谈谈诗的生成（代序）

　　一首诗是怎么生成的或者说怎么形成的呢？这中间有什么规律可循吗？根据我多年的经验总结，也根据我看到的一些理论，应该说，还是有一些"规律"可循。虽然写诗这事情，它并不像一门技艺，是可以靠手把手教会的。但不管怎么说，以下我谈论的诗的生成问题，至少对人们理解诗、理解一首诗怎样生成，还是有所帮助，对人们创作诗，或许也有间接作用。

　　要谈论这个问题，让我先从引用刘勰的八个字，也就是我作为本文标题的那八个字"情往似赠，兴来如答"入手。一首诗是怎么形成的呢？可以说，刘勰的这八个字，在产生的基础和机缘两方面，做出了非常好的回答，虽然我在下面的诠释中，对它会有相应的调整和补充。

　　所谓"情往"，就是你对某人某事产生了情感、付出了情感，这就是你"给出"的"赠出"的东西，到时候会有一种叫"兴"的东西，不，应该是一种叫"兴"的方式把你赠出的情报答给你。这就是刘勰的"情往似赠，兴来如答"的意思。但是，尽管一首诗的生成，"情往"是基础、是条件，是逻辑在先，但是写诗真正重要的或者关键的条件却是一种叫"兴"，或者叫"诗兴"的东西。为什么这么说呢？因为"情往"这个基础、这个条件几乎人人都有，生活中，又有谁没有对某些事、对某些人动过情，"情往"过呢？所以说，"情往"不稀罕，几乎就像空气、水一样，是一个不言而喻的人人具备的先在条件，尽管有强弱多少不同，也就仅此而已。真正使一个诗人成为一个诗人的却是后半句："兴来如答"。实际情形就是对有的人答，对有的人不答；对有的人答得多，对有的人答得少；对有的人答得好一些，对有的人答得差一些。所以我们下面主要就来谈谈"兴来如答"这个问题。

"兴来如答"中的"兴"是什么意思呢？这里面的"兴"，不是"赋比兴"的"兴"的意思，"赋比兴"的"兴"的意思是"起兴"，是一种写诗的技法，即朱熹所谓的"先言他物，以引起所咏之辞也。"这里的"兴"的意思却是我们常说的"诗兴""诗兴大发"中"兴"所包含的意思，究其实际意义，实际就是一种西方理论中所谓的"灵感"或"艺术直觉"，因此"情往似赠，兴来如答"完整的意思就是：当你在你的生命经验中有过动情的过往，常常就会有一种叫"灵感"的东西或叫作艺术直觉的东西来到你的脑海中，作为对你的"情往"的一种报答。一首诗的生成，不管其过程怎么复杂，但是最关键的关键，却是"兴来"的那一瞬间。就是这一瞬间，成为一首诗受孕的关键。有这一受孕的关键，一首诗通常就能够形成，没有这一受孕的关键的瞬间，往往费尽心机，缝缝补补，也无济于事。叶芝曾经用诗句表达过这样的意思："一行诗可能会花去我们数小时；／但是，如果那不是来自一闪的思绪，／我们的缝缝补补全无意义。"法国诗人瓦雷里也用自己的经验表达过类似的意思：

　　我的一首诗《海滨墓园》就是起于一种节奏感，一种十音节（分为前四后六）的法语诗行的节奏而在我心中开始的。然而究竟该用什么来充实这种形式，我心里却没有一点谱。逐渐地有几个闪动跳跃的字进入这种形式之中，接着主题慢慢形成了。……我的另一首诗《女巫》当初是由一行不请自来的八音节的诗句发展而来的。然而这行诗蕴含着一个句子，它是其中一部分，如果这个句子有了，那它又会引出许多别的句子。

　　还有许多别的诗人或理论家都表达过类似的意思。下面，我最好还是用自己的经验来现身说法，然后我们在这个基础上，进一步探讨一首诗生成的其余步骤：

　　在我的写作生涯中，曾经一直想写一个关于母亲的作品，也曾经苦思苦想，做过一些尝试，但是一直都不怎么成功。有一天，我按惯例在校园散步，当走到某一个路口时，我的脑海里突然跳出来"红砂糖，白砂糖"这么六个字。其实不能说是六个字，而是带着节奏感的两个三音节的句子。就是这六个字，两个三音节的句子，一下子犹如电光石火，仿佛突然照亮了我此前的一片混沌，我凭直觉

「情往似赠，兴来如答」

知道，一首关于母爱的诗要诞生了。我立马打道回府，步也不散了，回去关起门来，打开电脑，用几分钟时间一气呵成地写成了《红砂糖，白砂糖》这首关于母爱的诗：

白砂糖，红砂糖

在我儿时的贫苦时光
我们时常吞糠咽菜
可是在妈妈的柜子里
却总是保有一碗白砂糖
一碗红砂糖

这两碗糖，
就是妈妈全部的神秘：
在我们生病或者衰弱的时刻
她就很慷慨地给我们舀上两勺
并且轻声而神秘地说：吃呀
白砂糖甜，红砂糖有营养

这两碗糖
也是妈妈全部的骄傲
当逢年过节或来了客人
她就会在荷包蛋里加上两勺
并且预先喊道：你们放什么呀？
白砂糖甜，红砂糖有营养

不知不觉，我们就受了妈妈的熏陶

一碗白砂糖，一碗红砂糖

成了我们生活的乐趣和希望

在没人时，或者在我们饿极了时

我们就偷偷地往嘴里塞上一把：

哇，白砂糖真甜，红砂糖真有营养！

现在，妈妈早已逝去

我一月的工资

可买一吨白砂糖或者红砂糖

可是有什么用呢？

白砂糖没有妈妈的甜

红砂糖也没有妈妈的有营养！

应当说，这首诗比较好地表达了童年的母爱这个主题。那么这首诗究竟是怎么来的呢？我在散步时，其实并没有想写诗这件事，更没有想到关于童年、母爱这些问题。怎么突然就跳出了"红砂糖、白砂糖"这六个字、两个三音节的诗句呢？这大概就是所谓的"兴来如答"，是灵感的突然造访吧。注意！这突然到来的两个三音节的句子，虽然相对全诗占比很小，但是它却像一个胚胎，指引着这首诗的发展方向，决定着这首诗的内容的走向和形式特征。一个诗人此时需要做的事情，就是不受干扰地沿着它提供的趋向，运用"联想"的思维，将此诗结构完成。

「情往似赠，兴来如答」

具体到此诗来说，就是要调动我的回忆，把童年时围绕"红砂糖、白砂糖"的一些事情排比出来。于是我就调动联想，想到了在生病时，母亲在白水里放糖，在客人来时，问客人放什么糖等等一些事情。然后顺着那六个字的语气和音韵节奏，很容易地就完成了这首诗。

为什么突然"兴来如答"、突然灵感赋予我这六个字呢？就这个瞬间来说，我也实在不知道为什么，没有什么道理可讲，什么路径可循。甚至就在冒出这六个字之前一秒，我甚至连写诗的念头都没有，遑论想到写出一首这样的关于母爱、童年的诗呢？但是我自己也知道，能写出这首诗，能有这样的"兴来如答"，却也绝不是无缘无故的。实际上，就其题材内容来说，它们简直就是我童年生活的一种"写真"：小时候我家里的柜子里，我妈妈的确常常备有两罐子糖，一罐红糖，一罐白糖。而"白糖更甜、红糖更有营养"，也的确是我妈妈常常说的话，甚至她在厨房里煮鸡蛋时，也的确时常大声问在外面的客人放什么糖。如果没有童年的这些经历，我是不可能写出这样一首《红砂糖，白砂糖》的。借用刘勰的那句话说，就是如果没有过去的那段"情往似赠"，一定就没有几十年之后的"兴来如答"。

但是关于这个问题我们还有两点需要探讨，第一，虽然这首诗在某种程度上是一种过往生活经历的写真，但是这又绝不意味着如照相般，或者说如散文般的摹写现实。实际上，同样是红砂糖、白砂糖，就其童年真实经历来说，它们不过是一种食物，此外并没有被赋予什么额外的意义。但是，当"兴来如答"的时候，尤其是这首诗生成以后，糖，就已经不仅仅是物质性的糖，就不仅仅是一段原生的生活经历，而是被赋予了一种"诗意"性的普遍意义，一种更有共性的象征性意义。也就是说，相对于原来的"情往"来说，"兴来如答"已经赋予了原来的题材内容一种美学的意义、一种更具共性的普遍的意义，一种诗意和升华。否则，艺术就不成其为艺术，诗就不成其为诗。第二，"兴来如答"它不仅将经历题材美学化、普遍化和诗意化，同时它还赋予诗一种"形式"或"形式走向"。前面我们说当"兴来如答"的时候，往往写起来很容易，顺着写下去就可以了。那么，是顺着什么呢？其实就是顺着它提供的一种节奏、一种语气、一种似乎必然的形式趋向写下去就行了。我们获得的这种语气节奏或者某种形式趋向，也就是理论上常常说的"艺术的自我赋形"，这种艺术的自我赋形其实就是在"兴来如答"的时候所给予你的。

关于诗的这种"自我赋形"，我想再在纯理论上发挥一下。在文艺理论中，一直有相互对立的两种观点，即在艺术上到底是内容决定形式，还是形式决定内容？对这个理论问题的回答，其实已经包含在我们关于"情往似赠，兴来如答"的相关论述中。在这一组关系中，"情往"在前，逻辑在先，没有"情往似赠"，当然也就没有"兴来如答"。就这个意义说，当然是内容决定形式。但是，就一首诗生成的重要性来说，却是"兴来如答"更重要，因为如果没有"兴来如答"，没有灵感的不知来由的袭来，此前的"情往似赠"所给予的题材内容，就只是一堆原生的材料，还不能说是艺术的内容。是灵感，是"兴来如答"才赋予了那些原生的题材以普遍意义，赋予了它诗意的性质，并且赋予了它最终获得生命的形式。就这个意义来说，可以说是形式决定内容。或者更准确更具体地说，是"兴来如答"决定了诗的成立，是它赋予了一堆原生的材料以意义和形式。

现在我们已经明白了"情往似赠，兴来如答"的基本意义，已经明白了整个创作过程的"缘起"和"兴来"这两个阶段。但是单纯这两个阶段，还并不是一首诗生成的全部，它还有第三阶段，这个第三阶段就是一种叫作"联想"或"联想运作"的阶段。"联想"通常是在"兴来如答"以后，也就是在一首诗受孕以后开始的一个重要过程。前面我们说当一首诗到"兴来如答"以后，以后通常就很容易了，往往顺着它一气呵成就可以了。是的，通常一气呵成就能够写成，但是，这并不等于说"联想"这个过程就不重要。实际上，整首诗的结构、题材内容的寻找安排、遣词造句，甚至意象的运用，一句话，整个一首诗的"骨骼血肉"，都是在联想的思维的紧张运作下完成的。我们说它"容易"，是因为一般说来，一首诗如果在灵感状态下受孕了，它会给你提供一种走势，一种具有某种必然性的形式趋向，你不受干扰地顺着它写下去就行了。而如果我们从主观运作费心费力的角度来说，在创作的三个过程中：情往似赠——兴来如答——联想中，联想运作却是最辛苦也是最考验功力的一个阶段。为什么这么说呢？因为在"情往"也就是生活基础的阶段，是无需费力用功的，你只惯常的生活就行了。作为一个有心人、有情人，自然就会有无数的生活经验、情感体验。就这一点而言，我甚至都不相信，甚至反感"体验生活"这个词语。你生活就行了，无需刻意地去体验什么生活，它基本就是一个自然过程。第二个阶段，即"兴来"的阶段，这个阶段虽然如此重要，但是它几乎就是可遇而不可求的，它来了就来了，不来就不来。它来了似乎就很容易，它不来你再怎么努力也是白费劲，甚至你愈努力还愈糟。真正就是像那句俗语说的：踏破铁鞋无觅处，得来全不费工夫，它几乎就没有给主观思维能力留下什么空间。所以，英国诗人济慈把这种能力叫作"消极感受力"。大概就是因为这东西它就是被动的，完全凭机缘产生，诗人要做的，大约就是等待。当然，多读、多写、多在生活中艺术中感受感悟，是可以当作一种"热身"的，兴许热着热着，"诗兴"就来了。总之，只有最后一个阶段，即联想运作这个阶段，是可以，甚至完全是靠人的"主观能动性"来完成的。我每次创作一首诗，一到此阶段，大脑通常就高速运转，像加速的机器一样：联想相关的题材内容、考虑诗的开头怎么起始，考虑语言的运用安排，也常常考虑在什么地方运用什么意象等等。就以上面的那首《红砂糖，白砂糖》来说，当灵感袭来时，我立马联想起童年时相关的生活场景，于是联想到生病时、来客人时、小时候饿了偷吃糖时的场景。这样一联想，三个骨架就架起来了。然后又考虑怎么开头，开头十分重要，它决定着整首诗的走向。当然，通常的，开头的诗句和语气节奏，是在灵感到来的时候就决定了的。然后思考安排语言，譬如，我在这首诗的每一节的末尾，都把我妈曾经说过的那句话"白砂糖甜，红砂糖有营养"作为一种回环往复的韵律安排在每节的末尾，这样就使它成为了诗的主旋律，更加强了诗的象征意味。由此可见，在一首诗受孕以后，紧接着的联想运作仍然起着十分重要的作用。这时候一个诗人的经验、语言能力、对文体的感觉力和把握度，就起着十分重要的作用。虽然在联想运作过程中的这许多思考运作，大半乃是由"兴来如答"所形成的某种趋势所引导的，但它也并不是完全自动的，或者完全被动的。

上面，我们以《红砂糖，白砂糖》这首诗为例，说明了一首诗是怎么生成的，下面笔者打算再举出一些例子，以把这个问题解释得更具体清楚一点，让例子的证明力覆盖得更广泛一点。

笔者曾经有一首诗，叫《一泓一泓的阳光》，曾经在"榕树下"网站中被选为"每周绝品"，后来这首诗的题目也被我拿来当作我的第一本诗集的书名。这首诗是怎么形成的呢？说起来，这首诗的形成也是非常"偶然"：一天，我在屋子里，突然看到一汪明亮和煦的阳光像水流一样涌进来，这时候，完全无关思索，突然在脑子里就冒出这样两句诗："一泓一泓的阳光／打着涡儿……"虽然冒出来的只有这么两句，但是我马上知道，一首有关"阳光"的诗就要成形了。它虽然只有这么两句，但是它决定了下面的发展，甚至也决定了它的韵律。于是我马上打开电脑，很快就写出了诗的第一节：

> 一泓一泓的阳光
> 打着涡儿
> 涌进我的书房
> 是谁这么慷慨
> 是谁这么恩泽
> 只一瞬的工夫
> 就把我的旧屋子
> 染得跟金屋子一样

这第一节，几乎是完全不用思索的，它就是那一个灵感、那一个猛然到来的触动所内涵着的。而有了前面的第一节，下面的就只要展开联想，把过往的经历中对于阳光的一些感触搜罗出来，沿着第一节提供的韵律写出来就行了，于是我很快地接着就写出了下面的两节：

> 看啦，在窗外的树上，
> 更有一万枚阳光的金币
> 在清风绿叶间跳荡
> 我听不清她们的絮絮蜜语
> 我只看见
> 每一片树叶都在感动里
> 润湿了她们的绿色眼眶

我知道
在我头顶的晴空
更有大片大片的阳光
在无边无际的空中流淌——
这是上帝的蜜糖
这是上帝的琼浆！
每一个他的孩子
都会得到无边的奖赏！

联想出来的这两节诗，虽然在写起来的时候，可以说是写得飞快，但是它们还是需要有过往的一些经历，譬如说，我曾经看见太阳的无数光斑在绿叶间跳荡，也看见过当阳光照亮了青翠欲滴的树叶时树叶闪出的那种湿润的绿意；我也曾在炎炎的夏日仰望晴空，感受到在那无垠的空中，有着像岩浆一样的阳光在空中流淌，有了这些经历（"情往"），运用积极的思索联想马上就想到了下面那两节的内容，然后沿着那响亮而流淌的韵律写下就行了。此外，在语言、比喻方面，它也运用到了一些技巧，譬如把阳光的"光斑"比喻成"阳光的金币"，把阳光在绿叶间跳荡比喻为它们的"絮絮蜜语"，把阳光下显得更加湿润的树叶比喻为因为感动而"润湿的眼眶"，把阳光比喻成"上帝的蜜糖"等，这些就使整首诗更加形象、更加美。这些都是通过积极的联想和语言运作所得到的结果。虽然这整个过程，基本都是在那个"兴来如答"所决定的形式趋向中涌流出来的，并非单纯地由对语言的推敲获得。此外，我们还要注意到，那个灵感不仅决定着全诗的韵律，决定着某种形式趋向，而且在这个对于阳光的感动中也决定着这首诗的主题，这个主题就是对于阳光的赞美，对于阳光的感恩，这样就使一般的自然现象带有了某种形而上的意味。这些，都是在"兴来如答"的那一瞬间所获得的。

以上两首诗都是我的上一本诗集中的作品，下面我再举出这本诗集中的一到两个例子来说明这同一个问题，即，诗是怎么生成的。

《故土》这首诗的产生，也是有这样偶然的机缘。这些年，我与大家一样，见惯了到处都是工地、到处都是推土机的景象，作为一个诗歌爱好者，也对这种到处大兴土木破坏自然的现象生出一些不适感。有一天，也是没来由的，我在想象中突然感觉到几台推土机把我的故乡（故土）推成一片工地、推成一片裸露的黄土，我顿时全身感到一阵战栗。就是这样一种浑身战栗，一种钻心彻骨疼痛的感觉，催生出了这首诗：

故　土

是的
我的故土并不富足
长水稻
种小麦
但更多的

却是坡地里的红薯

是的
我的故土
连雨水也并不丰沛
没有大江经过
也没有梦一样的湖泊

是的
我的故土
就连爱情也和黄土一样贫瘠呀
人们只知谈婚论嫁
或者开粗俗的玩笑
把一个男人或女人
按倒在地垅里

哎
这样的故土
也早已被我们背弃
户户荒草
家家门锁

可是当一辆推土机碾压我的故土
我的整个身子
突然彻骨钻心地痛

我的每根骨头都在喊

不——不——

我的故土里

还藏着我的命

埋着我祖祖辈辈的骨头

2017.1.12

　　像我的许多诗一样，这首诗写得很快。这首诗虽然有五节，但实际上只有两大部分，前面四节是一部分，是铺垫、是蓄势、是先抑（后扬），最后一节是单独的一部分，也是主题、诗眼所在。至于为什么全诗要这样处理呢，其实这一切应该都是在那个"兴来如答"的一瞬间的灵感状态中决定的。前面我们说到，在"兴来"的时候，它实际上主要在两个方面起作用，一个就是它为全诗赋形，或者说它提供一种形式走向，第二个就是它在赋形的同时也在"赋意"（赋予普遍性，赋予诗意），作为此诗来说，它的"赋意"也就是要为这种故土情结赋予一种普遍性，这种普遍性就是，不管你的故土如何贫瘠落后，也不管你们自己曾经怎样鄙弃抛弃它，但是故土就是故土，它是一个人连在血脉里的东西。因此，要表现这种普遍性、这种诗意，也就必须采取"先抑后扬"的方式（在实际上，我的故土比我写得更美丽），因此，很自然的，第一节就是这样："是的／我的故土／并不富足／长水稻／种小麦／但更多的／却是坡地里的红薯"。应当说，第一节是在灵感袭来的那一瞬间就决定了的，几乎不用思索就这么写。有了第一节，接下来的三节就好办了，只要稍稍展开联想，顺着第一节的思路和语调再更多联想一点相关内容就可以，于是接着就在以下三节从几个不同的方面表现了故土的贫瘠落后。这样，一首诗的架子或者说骨骼血肉就具备了。然后"曲终收拨当心画"，在最后一节用一个转折来到了这首诗的诗眼所在，表现了"故土"这个主题，较完美地完成了这首诗。从这首诗的讲述中我们可以看出，一首诗的生成最关键的因素就是那个"兴来"，同时联想也在其中起到非常重要的作用，不同的是，"兴来"我们几乎没法控制，而联想过程中的十八般武艺却是可以靠主观努力和经验获得的。下面，我们再顺着这个思路举出另一个例子，读者诸君就算听听我的"诗歌故事"（我的几乎每一首诗都有一个诗歌故事的）。这首诗是《大馒头》，我们先把诗引出来：

大馒头

大馒头出屉了
家里人一人抱着一只大馒头

爸爸个子大
他拿着大馒头
就好像又长了一只大拳头

妈妈个子小
她拿着大馒头
妈妈就像个小孩子了

妹妹最好笑
她拿着大馒头吃
大馒头比她的脸儿还大
全家人看着不禁笑起来

妹妹不知道我们笑什么
她也就跟着大家笑
反正吃大馒头的时候
不笑还能干什么呢?

我也拿着一只大馒头
或许是吃得太急了
被大馒头噎得流出了眼泪

新麦登场了
全家人手里
就好像一人拿着一只大高兴

2019.3.9

『情往似赠，兴来如答』

很长时间以来，一直想写新麦登场，以表现丰收的喜悦和对土地的感恩这个主题，在实际上我也曾从另外的角度写过这类诗，只是因为是刻意去写，不大成功。这首诗的"兴来"相当有意思：有一天，我在看电视，电视上正在介绍山东某地的大馒头，其中有一个小女孩，拿着一只大馒头，大馒头大，小女孩小，吃馒头时，大馒头把她红彤彤的脸儿都遮住了半边，就是这样一个场景，就是小女孩的这个有趣的画面，我立马就想到了《大馒头》这首诗，题目也就用"大馒头"。开头第一节两句几乎不用思索："大馒头出屉了／家里人一人抱着一只大馒头"，于是展开联想，先写父亲，再写母亲，然后就来到了这首诗的诗眼，也是触发这首诗的灵感的东西，即那个小女孩吃馒头的有趣的画面。最后一节，是一个化实为虚的意象化的手法，是为了更加突出丰收喜悦的主题。这个结尾虽然在全诗起到一个画龙点睛的作用，但它似乎并不包含在缘起的那个"兴来"的灵感中，而是由后续的联想所完成铸造的。

上面我们通过一些例子谈了一首诗的生成问题，下面我们再联系这个问题谈谈意象的来源问题。我们都知道，意象在诗中非常重要，它往往是一首诗中审美的核心所在、关键所在，有时候一首诗如果寻找到了精彩的意象，立马就能使全诗生辉（当然并不是所有的诗都有意象，也不是好诗非得有意象）。那么，在我们的诗的生成理论中，意象的产生或者来源是怎样的呢？它与诗的生成又是一个什么关系呢？据鄙人的体会经验，意象的生成主要也有两种情形，一种就是在"兴来"的那个瞬间产生，在这种情形下，意象的获得与灵感的到来是统一的。比如我的《荒草》一诗，在一片茸茸的荒草触动我的时候，"荒草"实际上也已经象征化、意象化。下面我们还是把它引出来：

荒 草

一转眼之间
我看见一片金黄的荒草

那么茸茸
那么丰茂
茎茎缕缕间
有若我老父亲才能散发的
暖暖淡淡的芳香

我不能掘发一片丰茂金黄的荒草
所能具有的无尽蕴含
我知道那里面蕴藏了
--春的雨水
一秋的阳光
我知道一棵草也走完了
它渺小而谦逊的一生
在一冬将临时
那么坦然安详

一片这样的金黄的荒草
在我一扭头的一瞬
有超越于一顶金黄的王冠
或者一地耀眼的黄金
所能具有的价值！

2020.1.7

　　这首诗的诞生，也是偶得。一天当我在野外散步时，一片金黄茸茸的荒草突然激发了我，我瞬间觉得，一片宁静的荒草就像我谦逊宁静的父亲，就像一个无欲无求善良温暖的老人。在这个被激发的瞬间，荒草，实际上已完全不是客观意义的荒草，它实际上已经象征化、意象化。在这里，意象的产生与灵感的获得是统一的。一旦产生了这样的"兴来"，一旦荒草获得了这样的象征意义而意象化以后，我只要斟酌节奏语句写出第一节的两句（第一节的两句实际就是感觉的写实，写出来一点也不难），然后顺势展开联想掘发出这个意象中所蕴含的意义，也是那个灵感所给予的某种普遍性的诗意就可以了。再比如我的《琥珀》一诗，也属于这种情形：

　　琥　珀

　　一块石头丢出去也有回声

一滴雨落下也会叮咚一声

连风吹过树叶

划过草茎

它也会报以或喋喋或丝丝的声音

只有爱没有回声

只有那默默的

独自品味的爱

只有那萍水相逢的

烟花一样的爱

没有回声

——不是没有回声哪

是这些爱的　美的

烟云

是这些叹息和梦

在心里默默凝结为一块琥珀

慢慢成型

2016.3.10

　　这首诗的产生也是得之偶然，一天坐在房间里时，想到过往的一些事情，心里不由失落，心里就像结了一个硬块。这样一种心像结了一个硬块的感觉，突然就导致了"琥珀"这个意象的形成。在这里，灵感的产生和意象的形成是统一的，有了这个意象和灵感以后，我只要稍稍展开一些联想、运用一些写作技巧就可以了，具体到此诗来说，也是采取先抑后扬的手法，通过一些比喻说爱没有回声，然后引导到最后一节的主题、诗眼所在。

意象产生的第二种情形就是在联想的运作中产生，在这种状态下产生的意象，它们所起作用的范围通常是局部的，是诗这所美的屋子的一梁一柱（而在前一种情形下产生的意象通常是一首诗的基础构成），对一首诗的表达起着强化作用、形象化的作用、美化或装饰性的作用，如前面我们举到的《一泓一泓的阳光》这首诗中的一些意象就是这样。再如笔者的《觐见》：

觐 见

母亲看着我的女朋友
就像一棵树
看着另一棵树

没有笑颜
没有话语
甚至也没有问候

可是多么神圣的时刻
命运在此展开一场交接

从此
我由一个女人的守护
转交给另一个女人守护

在这首诗的第一节，运用到了一个意象"树"，这个"树"的意象，较好地表现了女人的那种自然宁静的状态，对诗的主题（女人对男人的守护，女人是男人的依归）起到了很好的强化作用。又如我的《会流泪的镜子》：

会流泪的镜子

卧在病床上的母亲
很安静

不呻吟
也不再吵闹打骂我们
也不和父亲唠叨
有时会把我们叫到床边
轻轻嘱咐几句

病中的母亲
只湿了枕头
只静静默默地流泪

我常年卧病的母亲

真宁静哪
就像一面会流泪的
悲伤的镜子

这首诗中"会流泪的镜子"这个意象，使全诗的情感得到凝聚，更加有力地表现了诗的主题。但是这个意象却并不包含在最初的"兴来"中，它是在随后的联想运作中获得的，是对前面写到的内容的一种比喻。从以上的例子可以看出，虽然诗并非一定要运用意象，但在相当多的情况下，一首诗中的意象往往非常重要，它们往往会成为一首诗中那最闪光的部分。当然，我们运用意象，不论是哪种类型的意象，一定要顺其自然，不能为了意象而刻意地去寻找一些貌似精警的言辞、比喻，那样反而就成了故弄玄虚。

一首诗最后的生成，可能还会涉及到其他的一些因素，例如语言的斟酌、语气节奏的调整等等，但是最重要的，却是我们在以上的叙述中所讲的几个环节，即生活基础、灵感来临，以及随后联想的展开三个环节。没有生活基础，诗容易流于无病呻吟或口水一堆，或陷于艰涩难懂故弄玄虚（因为没有扎实的生活内容和真情实感就只有诉诸这些表面的东西了），没有灵感，诗简直就不能生成，即使搜索枯肠写出，也只是写出一些没有生命的东西，诗会缺乏一种天然的形式感，也缺乏那种打动人心的诗意素质（而这是我们判断一首诗是否好的关键两点），而缺少联想或缺少联想的功力，则可能会使诗缺乏完美的骨骼和丰润的血肉，给人以后劲不济之感。而在这三个环节中，则又以"兴来"或灵感的这个环节为最关键。最后，我以刘勰的包含了"情往似赠，兴来如答"那段话作为本文的结尾：

赞曰：山沓水匝，树杂云合。目既往还，心亦吐纳。春日迟迟，秋风飒飒，情往似赠，兴来如答。

2023.5.20

「情往似赠，兴来如答」

第一辑

潮汐

荒　草

一转眼之间
我看见一片金黄的荒草

那么茸茸
那么丰茂
茎茎缕缕间
有若我老父亲才能散发的
暖暖淡淡的芳香

我不能掘发一片丰茂金黄的荒草
所能具有的无尽蕴含
我知道那里面蕴藏了
一春的雨水
一秋的阳光
我知道一棵草也走完了
它渺小而谦逊的一生
在一冬将临时
那么坦然安详

一片这样的金黄的荒草
在我一扭头的一瞬
有超越于一顶金黄的王冠

或者一地耀眼的黄金
所能具有的价值！

2020.1.7

琥　珀

一块石头丢出去也有回声
一滴雨落下也会叮咚一声
连风吹过树叶
划过草茎
它也会报以或喋躞或丝丝的声音

只有爱没有回声
只有那默默的
独自品味的爱
只有那萍水相逢的
烟花一样的爱
没有回声

——不是没有回声哪
是这些爱的　美的
烟云
是这些叹息和梦
在心里默默凝结为一块琥珀
慢慢成型

2016.3.10

盛　宴

你绕着自己的腰肢
系围裙的样子真美

厨房里火油爆响
砧板和锅盘碗盏
那热烈的声音真美

你匆匆地从厨房里走出来
匆匆地和我拉话的样子真美

你摆好桌子
解着围裙
甩着湿淋淋的手的样子真美

我是你的客人
你招待我用了两桌盛宴

一桌正在热气腾腾
一桌就是你自己

2019.5.30

小花伞

雨……

我再三推辞
她不由分说
我一个大男人
只好打着她的小花伞

我一个大男人
打着她的小花伞
其实并不尴尬
其实我很幸福
其实打在伞上的雨花
都很甜

穿过雨丝
我好像看见她在房间里
抿嘴儿笑
笑我一个大男人
打着她的小花伞

2018.3.23

天　秤

天秤的这一边
我有我所有的日子：

我工作
我在教室里拿起教鞭

我在路上走着
遇见熟人
我会颔首致意

门前池塘里的荷花开了
水珠在碧绿的荷叶上滴溜溜地转
风一吹
荷叶的裙子
和她最美丽的女儿
就跳起最婀娜的舞蹈

不用说
我还有一个用书筑成的世界
还有一个用水盆　铁锅
和所有的锅盘碗盏
所碰出音乐的世界

可是
在天秤的这一边
当你以最不经意的姿态出现
我所有的日子
甚至此刻我周围耀眼的阳光
就都匿而不见

2016.7.12

会流泪的镜子

卧在病床上的母亲
很安静

不呻吟
也不再吵闹打骂我们
也不和父亲唠叨
有时会把我们叫到床边
轻轻嘱咐几句

病中的母亲
只湿了枕头
只静静默默地流泪

我常年卧病的母亲
真宁静哪
就像一面会流泪的
悲伤的镜子

2018.4.12

奶　水

母亲生妹妹时
奶水已经不足
曾经丰美的乳房
已经塌缩了一半

那一年我九岁
旧瘾复发
缠着母亲蹭了一口
奶水已不是我记忆的香甜
淡淡的
有点涩
有点咸
我怀疑四十岁的母亲
在口袋被掏空之前
已在用血和盐替换

2017.6.16

觐 见

母亲看着我的女朋友
就像一棵树
看着另一棵树

没有笑颜
没有话语
甚至也没有问候

可是多么神圣的时刻
命运在此展开一场交接

从此
我由一个女人守护
转交给另一个女人守护

2018.4.1

雪　粒

寒凝大地
冰冷的雪粒子
敲击着屋瓦
发出一串串跳跃的
叮叮叮的声音

屋瓦下
襁褓中的
我的暖融融的小外孙
睁着好奇的黑眼睛
仿佛在谛听着
这寒凝大地
雪粒敲击的
动听的声音

2024.2.5

名　字

刘玉兰　何小雪　江月梅
沈丽萍　王红燕……
这么多的名字
多么年轻　漂亮　芳香啊

这些名字
仿佛有魔力似的
永远把我这些老姐妹
定格在了十八岁

每次一当我唤起这些名字
她们那些年轻美丽的日子
就呼之欲出

可是此刻
我不知怎么
一个人坐在屋子里
只静静地流泪……

2018.3.21

血　统

我有一个同学
叫曹学庆
微胖　白净
说话温文尔雅
我总觉得
他有点像曹雪芹

我有一个学生
姓孟　女的
叫孟又云
生得有点黧黑
额头高耸
耿直
我总觉得她身上
有两千多年前
孟子的身影

我还有一个同事
姓陶
碰巧了是江西人
总是眼睛带笑
望着白云深处

我也无端觉得
她确实有些似陶渊明

我亲爱的同学　同事
和我亲爱的学生
我爱你们
我在你们身上
没有看见蝇营狗苟
我似乎看见了
你们祖先的血脉
和他们的一脉精魂
仍在你们血液里
传承

2020.5.23

衣服上的一根带子

你腰围上的一根带子
一个小口袋
一些无什么实际用处的小装饰
都是那么和谐的
妥帖的
贴着你美丽的身体

我想
我在你的身边
悄悄爱着你
你就让我做那根没多大用处的带子
妥帖　和谐
附着在你的生命里
我就很满意

2018.10.31

小女孩

小女孩的头发
也黑黑的
梳得很光溜啊

小女孩的脸儿
也收拾得很整洁
很光彩啊

小女孩的眼睛
也黑黑的
光芒灼人啊

可爱的小姑娘
也知道害羞了
我刚朝她看了一眼
她就脸儿红红的
赶快跑开了啊

2020.8.17

笑

我的女友从地里走过来
她听见背后有人在笑
她红着脸
不敢扭过头去看
因为她知道背后的人在看着她笑

我走向我心爱的女友的时候
我也似乎看见背后有人在笑
我也不敢回头过去
我知道背后有人在看着我笑

这些来自田间地头的善意的笑
构成了我们最初的爱的背景
就像两只雏鸟初飞
那拂过雏鸟翅膀的风

那最初的爱的幸福
伴随着最美的红颜
和心跳
还有这些古老淳朴的笑

2018.11.28

移 民

挖断了根
翦灭了枝
离开了原来的族群
只留下一截光秃秃的树桩
被移栽在陌生土地里

看嘞
经过几年的煎熬
那些光秃秃的树桩上
也长出了一些青枝绿叶呢

是的
活了啊
可是当我再见到这些移民
我仿佛仍能在这些残存着的树桩上
看见昔日那如断头一般的痛苦
和那上面渗出的苦涩的记忆

2020.6.11

远

从前
我一坐上驶离的车
我就禁不住回望
禁不住流泪

车子一发动
车子一开
那熟悉的一切
那亲爱的一切
那些山
那些水
那些街巷
那些气息
就不由分说的远了
远了

最近
这种远的感觉
又常常袭上心头
我坐在屋子里
也无端流泪：
如今那些不断不断远去的

是我的那些

亲爱的人

2021.3.17

声　音

外婆很老了
她上个厕所
我听见里面一段慢慢的
摸摸索索的声音
窸窸窣窣的声音
然后我听见
她慢慢蹲下去
马桶嘎吱嘎吱的声音

很长时间的一段沉默后
我才又听见马桶嘎吱嘎吱的声音
是外婆蹲着站起来了
然后是一阵缓慢的流水的声音
窸窸窣窣的声音

当老外婆终于又重新出现在厕所门口时
我不禁很宽慰地想
外婆虽然很老　很慢
但毕竟还有声音
到哪一天外婆不在了时
那就连这点声音也没有了

2015.4.17

"傻 子"

邻村曾经有一个傻子

特别傻

他看见两个人扭在一起打架

他就拍着手在一旁哈哈大笑

他看见两个人一前一后地追

他也就跟着跑

同时一边高兴地哇哇大叫

到如今

我差不多也成了这样一个傻子

我看见一个人拉着风筝在草地上呼呼地跑

那飞扬的姿态直叫我看得入迷

我站着看一场普通的篮球赛

那享受

就犹如睹一场力与美的赛马

甚至我看见一个人仰着脖子

蠕动着喉结

咕隆咕隆地喝水

或者看见一个小孩子

拿着勺子准确地将食物送到口中

我都觉得有意思

有味道

到如今　老来
是真有点傻
我看谁都像美女
看谁的一颦一笑
都有无尽的意味

2021.2.21

新 生

新生
就是那些天变凉了
不知道添加衣服的人

男孩子还穿着拖鞋
女生还穿着短裙
班主任开班会的时候
忍俊不禁
面对着一教室的瑟瑟发抖

这些十多年来一直被父母包裹着的
宝贝似的儿子女儿
现在终于可以自由地
挨冻受寒一回了

2020.9.17

野 花

我给野花拍照
刚打算离开
忽然听见野花说：
再来一张

我从不同的角度
给野花拍了几张照片
又听见野花说道：
抓紧拍呀
抓紧爱呀
一枝野花
没有理由
就被人们所遗忘
甚至践踏了

2021.5.26

雌鸟和雄鸟

（故事诗）

在山间一处幽静的悬崖上
住着一对雌鸟和雄鸟

雌鸟要临产了
两只鸟日日衔来草茎和树叶
为他们即将到来的小宝宝
编织着温暖的窝

雌鸟手巧（嘴巧）
不停穿针引线
雄鸟手笨
常常被老婆大人斥责
有几次还被雌鸟啄到雨中罚站

小宝宝终于降生了
也终于到了雄鸟大显身手的时候了
雄鸟不论刮风下雨
总是不停地在树林里穿梭
为哺育雏鸟的妈妈和孩子们
提供营养食物

这是我曾经在"动物世界"里看到的一个故事
雌鸟那巧妙的手
以及和老婆大人一般的威风做派
曾令我不禁哈哈大笑
而雄鸟那不辞辛苦
在雨中穿行捕食的情景
曾让我感动得流下了眼泪

2019.6.29

鸟 喙

鸟儿多么谦虚啊
飞翔在空中
却只用细细的鸟喙
去啄取一茎茎草叶
一粒粒小小的颗粒
然后梳一梳毛羽
旋即又翱翔在空中

我不是鸟儿
可是在我的心中
也长有这样一只鸟喙
当我接纳
自然对于我的滋养
我就用我心里那尖尖的鸟喙
一点一点
一啄一啄
感谢
并且记住
万物对我的恩惠

2023.10.16

静　物

画家们画山水
也画静物
一个插花的花瓶
一个静静的茶杯
以及它们投下的阴影

画家们都需要一双慧眼啊
更需要一颗抚爱万物的心
然后用一支笔
将那万物存在的意义
——捕取

2023.10.16

第
一
辑
潮
汐

电风扇

家里种的花草虽然也开花
也结果
但就是死气沉沉
一动不动

今天　就是刚刚
我偶然地把电风扇对着花草一阵吹拂
哇
家里的花草也纷纷扬扬地活起来了
舞起来了

由此我才知道
一株花草
能够享受自由清新的风的吹拂
也是一种幸福

2021.7.30

灯 花

小小的油灯也会开花
开出一粒如豆的
如小小丁香结的
让人怜爱的灯花

小小的灯花也会爆响
安静的夜色里
如丁香结的
小小的灯花
突然脆脆的一声爆响
迸出一些宁静的小小的火花

灯花下
妈妈在做针线
我在写作业
姐姐在灯光下
看着丁香结
在悄悄的想她小小的
如丁香一般的心事

2021.2.6

叙 述

当强盗拿着刀
凶神恶煞的
破门而入的时候
我却一点儿也不知觉
当时
我正在出神

还有一次
哇
屋子里着火了
烧着东西噼里啪啦的响
屋子里满是一股烧焦的味道
可是
我又出神了咧
我对眼前的一切
都充耳不闻

另外还有一次
那次我在外面
就是在北极
咔嚓
噼啪的一声响

冰川断裂了咧

眼前一片白色的山

白色的风

像天堂一般向我压过来

可是

我却完全没有一丝知觉

我只在想着我自个儿的事

沉沉的

在那儿出神

真的

我的脑筋有毛病

当外面

发生着那么多重大事情的时候

我的脑袋里

却尽在想着那些没要紧的事：

尽在想着那些

逝去了的

没有完成的

刻骨铭心的

爱情

2021.10.5

我相信

我相信
一个菠萝长成的形状
和它成熟金黄的颜色
和它放在屋子
或者挂在树上
所散发的芳香

我相信一个椰子
和它圆圆坚硬的壳
以及里面不可思议的
包着的
奶液一样的汁浆

我相信
一个长在泥土里的普通的萝卜
它淡淡的清甜的汁液
也一定来自某种自然的信仰

我相信一粒金黄的麦子
里面都含着太阳的香味
每一阵吹过的风
也都在麦粒里留下了它的足迹

我相信
树叶的绿
秋叶的黄
我相信每一种花朵的颜色
以及水的那无色透明的清亮

我相信婴儿的呢喃
以及他哑嘴吸乳的甜美
我相信情窦初开的爱情之花
也一定像山花般纯洁馨香

我相信……

我相信这么多
可是你叫我拿什么相信
人间的虚假　忌妒
你叫我拿什么相信
人世间那么多愚蠢多余的运作
和虚张声势的夸张

2016.4.25

寻人启事

地点：
一条溪水边

事由：
我和她素昧平生
可是她却用溪水攻击我
对我一脸笑吟吟

特征：
有一双比溪水更清纯的眼睛
所有的宝石
所有的星星
都立刻黯然失色

线索：
长沙电信局的话务小姐
成千上万的人都听过她动听的声音
那一天
我目睹过她的惊鸿一瞥

危害：
自从20多年前她下落不明

叫我一直思念至今

有知其下落者
请速电话告知
电话：
520—520—520

定当重谢！

2019.7.31

山坡上的阳光

荒坡上的阳光
盈盈有余
又温暖
又明亮

荒草坡上的阳光
我没有错过你
我带上我的诗篇
我来了

我不用朗诵我的诗篇
我甚至也不用瞧我的诗篇一眼
我只摊开我的书页
它就会在盈盈的阳光下
闪闪发光

我带着我的诗篇和阳光一起
过家家
我把我的诗篇摊开在草地上
让她在冬日盈盈的阳光下
和着嫩嫩的车前草

和着会做梦的蒲公英

一起生长

2021.1.12

你是一切，又是最好的

你是夜
当你的黑发
和你美丽的影子
融进黑夜里
你就是夜
可是当你的眸子在夜色里闪亮
当你小声地在夜色里和我说话
你就成了夜色里
最美的夜色

你是雪
当你美丽的容颜衬着雪野
你就是雪
可是当红丝巾飘过你绯红的脸庞
可是当你纯洁的笑
如从雪地里泛起
你就是雪中
那最美的雪

你是花
当你在花间伫立
你就是盛开的花

可是当你脸上泛起
比天边彩霞更美的羞涩
可是当你的微笑
如莲花从心中刹那间泛起
你就是那最美的
花中之花

亲爱的
你是自然中
美丽的一切
又是自然中
那最美丽的

2019.2.12

母亲的声音

母亲是有声音的
这些声音各不一样

放学饥饿归来
母亲的声音是厨房
热火朝天忙碌的声音
是锅碗瓢盘呼呼嘭嘭的合唱声

清晨醒来
母亲的声音
是屋里屋外传来的细细的沙沙的声音
母亲有时是在屋子前晾晒衣服
有时是在屋子后搂抱柴草

母亲夜半的声音
则常常是啜泣的声音
我常常躺在被窝里不敢稍动
我不知道是我白天不听话惹恼了母亲
还是母亲不由自主又想起死去的姐姐

最幸福的母亲的声音
则是我专心写作业抬起头来

听到了母亲在邻居家聊天谈笑的声音
我不由嫉妒地大喊一声
妈妈——
妈妈——

2018.4.3

母亲是一个懒惰的人

和我不同
母亲是一个懒惰的人

我小小年纪
就一门心思地想发财
捡麦穗呀
翻红薯呀
拾豌豆呀
母亲怎么劝阻也不听

直到母亲有一天告诉我：
儿呀
你去把麦穗拾干净了
那些真没饭吃的人
就什么也捡拾不到了

2021.8.22

分 配

上天分配任务了
说：
牛儿
去犁地
牛儿哞的一声
就像一个大将军似的
摇摇摆摆地到田里去了

上天又说
狗儿
给你一副粗大的喉咙
叫人一听见你叫就闻风丧胆
狗得令
就汪汪汪地叫了两声
身前身后地跳了几下

只有可爱的小猫咪
躲在角落里多少委屈
因为上天
没有给她任何工作分配

忽然

几只黑影

在金黄的谷仓里窜来窜去

小猫咪灵机一动

像箭头一样嗖地飞过去

……

可爱的小猫咪

你不要沉浸在历史的辉煌里

现在家里既没有老鼠

也没有谷仓

我只要你撒撒娇

洗洗脸　滚滚被

或者一天到晚

在我读书写字的时候

悄没声息地

在我的脚边蹭来蹭去……

2020.3.3

抗震组诗（五首）

一 母牛

在一系列的自然灾害之后
我看见两只母牛的眼
那么温柔多情

一切
混杂着醉人的青草的气息
仿佛有一曲小调
从青草的色彩和气息里逸出

一切都那么明亮
又柔弱
两只白皙的
悠闲起伏着的母牛的躯体
一如命运和慈悲本身
那么无辜

二 水

我们都嫌林黛玉娇滴滴的

一天到晚只知道流泪
有时候还尖酸使气
话语间飞几只小蜜蜂儿

薛宝钗也不甚合我们的意
她太冷静理性
虽然她博学得像一座图书馆
但和这样的女人生活
总觉得令人不甚放心

晴雯是好样的
但是她在病中
舞动着三年未剪长达三寸的指甲
骂偷了东西的小丫头的时候
我们还是觉得她太张狂任性

……

我五体投地的天人曹雪芹
他创造了这么多可爱的女儿
可是她们都有各自的缺点
让我待她们难以倾心

否，否，否也！
正是这些可爱的女儿

这些黛玉 宝钗

这些晴雯 香菱……

这么多水做的女儿们

当灾难来临

是她们身着一身白色绿色的铠甲

毅然前行而走向战场

成为那最温柔也最坚强

护卫我们的

姐妹和母亲!

三 声音

清晨

那一声声啪啪啪的

电子打火的声音

一声声叭叭叭的

汽车发动的声音

是那么有力

而清新

这清晨窗外的第一声

也许就是城市的第一班公交车

驶出的声音吧

也许就是城市餐厅

那第一膛炉火
轰然燃起的声音吧
也许就是那冷清了几个月
那办公室里咿呀打开门的声音
或许是工厂传达室的大爷
那久违了的
第一声招呼的声音

是的　现在
我喜欢清晨的那第一声
电子打火的声音
竟然胜过清晨的第一声鸟鸣
因为这是在灾难后
走向新生的声音

四　开工

沉寂的工地突然有了活力
一下子来了这么多人
这么多健壮的肩膀
这么多有力的背
和有力地舞动着的双臂

我看见一个工人

拎起一袋水泥
就像拎起一只小鸡
几个工人拿着砖块
像玩积木
敲出叮叮叮的声音

几个工人不解地看着我这个老头
不知道他们浑身脏兮兮的
有什么好稀奇

是的，朋友
一直以来
我也和你们一样
忽略这简单真实的幸福：
健康
而且劳动
就是生活的无价之宝

五　红唇

阴郁的下雨天
路上少人行

正好可以走出门去

自由无碍畅快地呼吸

路上很清静
绿树湿淋淋的
滴答着雨水

我看见几个少女
也出来散步了
我生平仿佛第一次发现
那久违的裸露的红唇
真的非常迷人

软　风

坐在树荫下
吹着软风

软风的手就像母亲的手一样软啊
轻轻抚摸着
说不出的惬意
甚至让我有点羞愧

时光多么快啊
那些冰风如刀的日子
那些北风锥骨的日子
它们曾经穿过了我的童年
我的青春
现在连它们呼啸而去的尾巴也看不见了
只留下这静静的
树叶光斑闪烁的日子

鸟在树叶里动
此刻我就和一片摇晃的树叶一样
和一株软软的轻拂的草一样
是那么恬静
柔软

几乎像一个孩子
安享着软风
轻轻的抚摸

2019.5.27

陶罐和瓷罐

我有两只罐子
一只陶罐
和一只瓷罐

两只罐子都是泥土做的
陶罐更温柔
更近于泥土
瓷罐因为淬了更多的火
因而更坚硬
时常发出清脆的金属之音

两只罐子都能装水
盛米
两只罐子都能发出嗡嗡嗡的
天籁之声

后来两只罐子都不幸破碎
陶质的母罐子
安静地回归泥土
而那瓷质的罐子
被弃置在荒野的泥土里

仍在用他坚硬锋利的碎片

发出倔强的尖锐之声

2020.11.12

阳 光

我坚信
酷烈如火的阳光
能祛除我身上的水分和杂质

我相信
那使绿叶萎顿的
将使我的骨头生长

我还坚信
那强烈的无幽不达的光束
能穿透我的肉体
直达我生命的最深最暗处

我相信
是雨水让我像树苗抽枝发叶
而这酷热的阳光
却让我往内里长
往硬里长
往横里长
并刻下一道道
坚实的生命的年轮

2020.8.17

圣 母

在西方的绘画中
我时常看见圣母
她们丰满美丽
像温柔的白云
每一个天使般的孩子

都环绕在她们身边的祥云里
找到一个安详的庇护之所

可是还有一种圣母
她们瘦小
贫弱
抱着　牵着　背负着她们的孩子
瘦弱的背上
背负着即将压垮她们的沉重的负荷

可是她还是用她甘甜的乳汁
衔泥织草
把她的苦孩子
——养育

世界上只有两种圣母：

一种是丰满的圣母
一种是穷苦的圣母

2019.5.26

奥运会

我也想去参加奥运会
我去参加
不要奖牌
不要名次
也不要奖金和掌声

我去参加
我愿意像贾宝玉赛诗词
每次成绩垫底
我愿意每次都从单杠上掉下来
我甚至愿意每次在临赛前
都被裁判用一张红牌
罚出赛场

我去参加
不为别的
我就想在我每次下场时
能够与我的队友
我的同事
我的朋友们真诚地相互击掌
或者在我失败时

能够伏在你们的臂弯里

尽情地哭泣

2021.8.2

第一辑　潮汐

冤　屈

在遥远的深海
鲸鱼巨大的背
尤其是它黑色而巨大的尾鳍
就像这世界耸立着的
一个个巨大的冤屈

我有点不懂
为什么上帝
要把这神一般的鲸鱼
幽禁困厄于这幽幽的海水里
而把这世界的统治权
交给曾是爬行动物的我们

语　法

（新闻：一个8岁的孩子被父亲殴打，她绝望地说：爸爸，我起不来了。）

孩子
你怎么能这么说呢
你花蕾般的年纪
你应当说
爸爸
我要唱歌
爸爸
我要跳舞
爸爸
我好幸福好快乐啊

孩子
你还有一个语法错误
你不能说"我"
你不能把这么巨大的痛苦
和你如此幼小的生命联系起来

当你绝望地说
爸爸：

"我起不来了"

我不禁肝肠寸断

2018.7.27

酸西红柿

有人认为酸西红柿不好
要把天然的酸西红柿改良为甜西红柿

他们的改造很成功
现在市面上已经很少有酸西红柿了

但是还是有一些极个别的西红柿
它们顽固
冥顽不化
拒绝将自己变成一枚甜西红柿

每次我在吃西红柿
吃到那些极个别的
仍然坚持自己的本性的西红柿时
我就像在茫茫的甜西红柿的海洋中
发现了新大陆
不禁欣喜非常
同时对这些西红柿中的特异分子
充满了崇敬
和感激

2020.7.31

一辆摩托车

一辆摩托车突突突地驶过
虎虎生风
强健有力

驾驶摩托车的男子
一副信心十足的样子
一副满载而归的样子

女人和孩子坐在他的身后
女人十分的轻灵
满足
十分的美丽幸福

这是我今天散步时
看到的幸福的一幕

我愿意相信
这就是我们家庭幸福的一个象征
而不是一个不愿徒步的女子
和一个经济拮据的摩的男子
所刚刚达成的
一次五元钱的交易

2019.8.3

一些人

一些人来了
借助于母亲的通道
来到了这个世界上

他们都大声哭喊着
哇哇哇
我来了…我来了
因为他们还没有学会别的语言

还有一些人
走着走着
默不作声的
像影子一样
悄悄隐退在黑夜里
他们真的像诗人所说的一样
没带走一片云彩

2020.3.18

一只新罐子

我有许多老罐子
平时吃饭熬汤
还有油盐酱醋等
都仰赖于它们

昨天买了一个新罐子
早上起来时
发现新罐子仍安安静静坐在那儿
它没有跑掉
只是在老罐子面前
它还有点羞涩
有点不习惯
但我看得出来
它已经准备好
加入到以谭某晶为核心的大家园

2020.6.3

虞　姬

虞姬
对我来说
这世界一共只发生过两次大事件
一次是女娲披着火焰补天
一次是你如此美丽地
站在我的面前

虞姬
你就是一只美丽的蜜蜂
是一支支蜇人的美丽的蜂箭

可是
你又是那么无邪
都不知道自己有多美
我不知道是在这昏庸世界的哪一个洞穴
是在哪一个隔绝喧嚣的桃花源
是在哪一条化外的山溪边
成就了你山鬼般的美丽

哦
你还有一把剑
一把九寸的冰雪之剑……

可是虞姬

你千万不要抹你的脖子

千万不要跳那令人摧肝裂胆的鬼神之舞

要死

就让我用你的冰雪之剑

一次次

一百次

一千次

为你自刎

在风啸啸易水寒的乌江边

2015.11.12

药膏或暖暖的棉

父亲带我去看望他的朋友
他的朋友生病了

可是父亲在朋友那儿
既不问候他朋友的病
也不给以安慰
他只是像往常一样坐在那儿
没事一样和他病中的朋友闲聊
有时也插入一阵沉默

几十年后
想不到我也这样去看我的朋友
我坐
我闲聊
我沉默……
我不是不想问候我朋友的病啦
是我对于这没办法的时光之箭
对一个我亲爱的人在时光里
慢慢地生病
慢慢地衰老
甚至慢慢地腐烂
我一点办法也没有

我至多只能让我自己
让我心底沉默的友情
聊且当作一块药膏
或者一团暖暖的棉
贴在朋友的伤口

2015.3.8

写给办公室的情诗

在这城市的水泥森林里
在川流不息的人海中
有一间办公室
很温暖

冬天来了
这里是暖和的
夏天来了
这里就很凉快

跑累了
口渴了
也可以在这里歇歇脚
喝杯热茶

有什么不懂的
可以在这里问
甚至有什么烦心事
在这里发泄倾诉一下
也无妨

唉

我的单位
领导难见
办公室却总是很温暖

我是一个乡下人
对我而言
这座城市到处都是硬的
就这间办公室
很柔软

所以
搞人事的记住哟
招办公室干活的
一定要找个温柔的女性
这不是好色
也不是装门面
这确确实实是件接地气的事儿
事关我们这些普通群众——
尤其是我们这些普通男同胞的冷暖

2016.3.16

羊

羊很弱小
常沦为虎豹之食
羊很温驯
常被人一群群赶进屠场

它也很美呀
在草地上远远望去
雪白若弥天之云

它也很能博取人的怜悯
当一只羔羊在你面前咩咩地叫着
能融化一颗屠夫的心

可是
上帝造物
不知为何
却给了羊
一只最贪的嘴
一只最毒的吻

它不是吃
而是掠夺和搜刮

我曾亲眼看见几只羊
温驯地不紧不慢地
爬上一个土坡
将上面几棵可怜的草茎
连茎带根啃食干净

所以
我现在
一看见这些贪婪地啃食草根的羊
我便杀性四起

2018.8.17

溶　洞

在人世的深处
有时会生出一些深深的溶洞

溶洞真安静啊
能听得见自己的心跳
能听见一根针
掉落的声音

溶洞也真深真沉默啊
对人世的种种荒唐
丑陋　　愚昧　　浅薄
溶洞从不发出一点声音

是的
如今
我的心
也在效仿这些溶洞
对世界的所有愚蠢
虚假
妒忌
不着一词

2019.10.26

打　开

冬天下雨的清晨
天还暗得跟夜晚一样

可是
包子铺
米粉店的门还是打开了
打开的还有那亮晃晃的灯光
和热气腾腾的蒸汽

早起的行人的行迹
也都在雨中打开了
打开的
还有在雨伞上开出的
一万朵映着城市霓虹灯彩的雨花

同时打开的
还有在雨水中疾驰的车灯
那些穿行在雨中的车灯
就像闪烁在大街上的红宝石

是的
尽管下雨

尽管天还暗得和夜一样
可是时间还是打开了
都市还是打开了
早晨还是打开了
一天的日子
温暖的生活
还是都准时地打开了

2022.2.13

加入早晨

起了个早
让我有机会加入早晨

加入清晨第一声电子打火声
加入新驶上路程的
那新鲜的轰隆的声音

加入行人
加入宁静了一夜
那清净的马路

加入清晨老人的太极拳
加入他飘然的银发
加入早起的母亲
那厨房里突然爆起的
一片热烈的声音

加入孩子
加入孩子背上
那尚有点惺松的书包

我还要加入清洁工的行列

加入她们的扫把
加入清扫落叶
那一片细细的动听的沙沙的声音

是的
我还要加入清晨的鸟鸣
加入清凉的空气
加入天边的晨曦和
被她点亮的每一颗晶亮的露水

朋友们
天亮了
美丽的一天又开始了
你们不要躺着
你们要快点起来
和我一起加入新的一天那美丽的开篇

2021.6.15

职业装

有许多女子
穿起了职业装
她们是护士
是服务小姐
是班主任
是乘务员
……

她们的微笑很甜美
她们的服务也很贴心
她们的顾客
好像都成了大班的小朋友
都乖乖地听从她们的指引

是的
我也愿意乖乖地听从她们
享受她们的服务
在这些场合
我又不能和她们恋爱
也不能叫她们妹妹
但我可以乖乖的
去感受一个女人

在她的职业装下
藏着的一颗母亲心

2021.4.22

第一辑　潮汐

窥 探

你时常给我发些风景照片
有大海
有高山
有古老的村寨
这些都很漂亮
都令我心旷神怡

可是
我却更喜欢
你发的你身边的一些小物件
一朵绢花
一支笔
一本书
或者一面小镜子
或者我不知名的
一些什么小物件

这不是我喜欢窥探
不是
只是因为这些小物件
它们分享了你的美丽
你的姿态

你的气息
能让我悄悄爱恋

2018.10.19

我喜欢的人

（一）

出门在外
有时候会见到我喜欢的人
她们（他们）会很热情地接待我
我还会见到她们幸福的一家子
和她们一样的爱人

分别的时候
我会有一点淡淡的
轻轻的离别之情产生

走在路上
或者呆呆地坐在车上的时候
我的脑海里
会一忽儿
冒出她们的影子

当我又走得很远
已经够不着她们的时候
有时我会这样傻傻地想：
上帝真好啊

上帝不仅这样眷顾了我
也眷顾了那么多我喜欢的人

（二）

我喜欢的人
我爱的人
我往往连同她们（他们）的乡土
也一并喜欢了

出门在外
有时候会偶然地到了或经过她们的乡土
那地方就仿佛有她们的气息存在似的
又新鲜又亲切
我会不由得掏出手机
给她们打个电话

是的
我并不指望她们能出面接待我
也并不指望她们能给我提供什么方便
我仅仅是
想让她们知道我的这种喜悦
并分享这种美妙的人生体验

2021.12.29

账　本

为什么我热切的呼唤却没有回应
为什么我满腹的话语却少有知音
为什么我辛勤的果实却不见采摘
为什么我裸露我的一颗心
却换来一身伤痕

上帝听见了我热切的呼唤
于是他委派来我的亲
她带上一个账本
用她清纯的一吻
便将我一生的亏空
——结清

2014.11.20

做 梦

我想
我做梦梦见你时
你一定是知道的

不然
我不能解释
为什么我做梦醒来了
还是那么幸福

2017.12.21

背 影

你每次离去
你的背影总是缓缓地勾起我
一步一步的忧伤
这忧伤每次都是那么新
新得就像刚从心里冒出的一颗芽
带着酸酸的离别的味道

可是你莫要回过你的头
你一回过头
你一回过你的眼眸
我就会忍不住哭出来了

2015.1.27

固　体

和你在一起的时候
时光就都成了固体
都是可以把握的

山是山
水是水
房子是房子
空气是空气
一寸一寸都是有意思的
可以触摸抚爱的

当你离开的时候
只有你的名字
你那小小的蚂蚁般的名字
成了可以触摸回味的东西
成了那小小的
可爱的固体

2019.1.10

我 怕

亲爱的
我怕

我怕你藏起温柔
从此只用冷冰冰的言语
和我说话

我怕你敛起微笑
就像看见花儿
开着开着
从枝头突然跌落

我还怕
我怕你死死地藏着你的吻
就像一个糖果盒
刚吃了一个
就被妈妈无情地锁起来啦

亲爱的
我怕
我怕这一切的残忍
我就像一个孩子

怕你突然严严实实地藏起来

再也找不到归家的路

2014.12.12

无 言

我喜爱一望无垠的荒原
风吹草低
寂寂无言

我也这样喜爱那美丽的雪野
洁白无痕
默默无言

为什么
为什么
你也是这样默默无语

难道你只是我命运中的
另一片
荒原

2019.1.17

干　净

你走得真干净
你没有留下一片叶
一片纸
连你的影子
你的气息
你也把它们收拾打包
一点不剩地带走了
我来的时候屋子里就只剩下空旷
和那静静的傻呼呼地照在地上的阳光

你收拾得真干净
可是你为什么不把我的心也这样收一收
你也把嵌在里面的你的影子
你的声音
你的气息
也一起打包收走
或者你干脆像冬天一样
下一场雪
把我心里这一切都遮盖起来
落了片白茫茫的大地真干净

可是你若能真这样把我的心收走

我的梦你还是收不走
在半夜它们还会不受管束的
开出暗红的
伤口般的花儿来

2015.1.29

祭　日

我要用多少炷心香
要用多少流泪的烛
我还要用多少黑色的墨汁
在苍白的幡上写上：
死亡　死亡　死亡……

是的
这是我爱的祭日
就让我在这安静的屋子里
默默地淌着泪
来祭奠这爱的死亡

2014.12.5

爱 人

爱人
我的爱人
即使你赤裸着身子
把我如婴孩一样拥入你的怀中
也不能抚慰我悲伤的心
我没有荣誉
没有声名
我被大石紧紧压住
不能翻身

爱人
我的爱人
即使你用你的樱唇
紧紧地压住我的唇
怕也不能抑制我哭泣的声音
这世界没有公平
人们把我的良心和璀隗切云的帽子
扔在地上
用他们的脚肆意踩踏蹂躏

爱人　我的爱人
你就让我哭

你给我擦掉眼泪
我的眼泪还会和断线的珠子一般
不断流下
即使你陪着我也淌下那珍珠般
令人怜惜的清泪
也仍然不能抚慰我伤痛的心

爱人
我的爱人
我现在已经无法抑制我的悲伤
你快快搬出你的窖藏
把那烈焰般的酒给我注满
我还要你如宋女一般拼却红颜
陪我把这忘世的没药灌倾
爱人
我的爱人
这世界不能清醒以待
到处是荒唐
到处螃蟹爬行
到处空洞得
只剩下鲜的或朽的肉身

2017.3.9

证　明

我走在路上的时候
路上就会飘着你的身影

我呆呆站在河边的时候
你的影子
也会从水里浮现

我走在山路上的时候
你的影子也会一样的和我
气喘吁吁
满脸红润

甚至我在吃饭的时候
我一个人在房间的时候
你的影子也须臾不肯离去

仿佛可怜的我现在的一切
山也不是过去的山
水也不是过去的水
一切只是一个你曾给予的爱
和美的证明

2014.12.13

我的情人

我的情人
不费一兵一卒
就"占领"了美国的一个州
现驻扎在一座花园洋房里
在那里不断繁衍子孙

我想象我会有那么一天
突然来到他们的硕大客厅
用我的狗鼻子，朝这个嗅嗅
向那个闻闻
毫无疑问
我们会相互感到陌生

然而我会安静地留下来
乖乖地在那里做一个客人
然而我会在夜晚悄悄流泪
默默地望着我的情人
我会带着她的孩子们
像一只老狗
在花园的草地里游戏翻滚
……

情人已经离去二十年了
但昨天一个越洋电话
带着她的娇音
带着她的艳影
还带着她的冰雪聪明
就像一枚超级导弹
一下就将我彻底击晕

情人，我的情人
只要你还残剩着躯壳
你就不是我的情人
情人，我的情人
如果有一天你只剩下了灵魂
我们再把那鸳梦重温

2007.10.6

女　人

孩子是不知道母亲的美丑的
因为他需要的是母亲的爱和保护
母亲的身体
母亲的乳
甚至母亲肥大的臀
都是一个孩子最需要最依恋的

男人有时候也一样
你娶个老婆
娶的是一个雌性
一种会筑巢的本能
从此你有了一个真正的家
有了热汤热水
这也很值得珍惜

假如你娶个老婆
十分幸运还很漂亮
那么小子
你惜福吧
你不仅仅是娶了个老婆
你是娶了一个活的维纳斯
一个天天会开花的女人

2016.3.27

偶　遇

你快步走向我
显得很高兴

一阵调皮的风
忽地吹过来
卷起你的长裙子
裹住你匆忙的双腿
和你美丽的身体

你脸上飘过羞涩的红云
连忙拉抻裙子
赶走讨厌的风

亲爱的
你不要羞涩
我不是那阵调皮的风
我也没有看见
那紧紧裹着你的长裙
我只看见你
因为一次偶遇
你那笑盈盈的
流露着喜悦的眼睛

2020.6.8

走　向

曾经
当我们走向万物的时候
万物都会微笑着说：
你们好啊
你们终于来了……

当我们走向一条小河时
河水老远地就看见了我们
她用哗哗的声音招呼我们说：
你们好啊
你们终于来了
我们不禁相视一笑
用两双手
亲着流水
愉快地接受流水的爱抚

我们来到一片青草地
还点缀着几朵野花
青草地看见我们
风吹着她们招着手说：
你们好啊
你们终于来了

我和你相视一笑
席地而坐
愉快地接受了青草地的蜜意

有时候我们会遇到一场大雨
我和你
慌忙地跑到一个屋檐下躲避
我嗅到你身上冒着的热气
这时我突然听到斑驳的土墙说：
你们好啊
你们终于来了！

哎
如今
一切都已不是原来的样子
如今当我走向它们的时候
万物都已经不再发出
那愉快的欢冶的声音

2022.9.5

"果 大"

母鸡一下了蛋
就会大声地在院子里喧闹
"果大果大果果大……"
"果大果大果果大……"
如果碰巧同时有几只鸡都下了蛋
那喧闹声
就像交响乐队
在院子里排练

可是母鸡怎么能不叫呢？
她那么小的身体
却下出了那么大的蛋
主人得意地把尚热乎的蛋托在手里
就像托着一块沉甸甸的银锭
然后像一个狡猾的商人
把银锭装进了自己的口袋里

母鸡怎么能不叫呢？
她一年下的蛋
堆起来就像座小山一样
如果拍成宣传照片
它的主题就叫丰收

还有
它曾是婴儿的奶粉
是母亲的母乳
是父亲生病的药费
是我点油灯做作业的灯油钱

可以这么说
小小的一只比拳头大不了多少的
一只鸡的功劳
顶得上一头卧在泥水坑里
居功自傲的大水牛

所以
母鸡必须叫
必须狠狠地叫
不叫
这世界就很不公平！

所以
母鸡必须叫
"果大　果大　果果大……"
如果不叫
那可怜的母鸡
非抑郁而死不可

2019.4.8

挥斥方遒

等活到90岁的时候
我再来挥斥方遒
把当年想说而没有说的话
把当年想扬而没有扬的眉
把当年想释
而没有释掉的心中块垒
到那时我再用我干枯的手指
和我的龙头拐杖
来一场淋漓的挥斥方遒

等活到90岁
我再痛快地来一场
粪土当年万户侯
什么伟大
什么星光
什么大师
多是粪土
这世界就是一场假面舞会
有几个经得起揭掉假面后的敲击

等到了90岁
我再把我常低垂的头颅高耸

把我常弯下的腰挺直
把我对江山的指点
像唤回我青春的魔杖一样
一起唤回

2017.3.10

假如你问我的祖国

假如你问我
什么是我的祖国
我会说：
我脚下踩着的土
我双脚行着的路
就是我的祖国

假如你问我
什么是我的祖国
我会说：
你眼前横着的山
你脚下滔滔的水
它们就是我的祖国

假如我在吃着饭
你这样问我
我就说：
祖国就是你盛在碗里的米粒
就是桌上散发着清香的菜蔬
它们无一不长在你生长的故土上
梳着风沐着阳
长着你的骨头养着你的血肉

假如我在睡觉

你问我

我的梦魂也会回答你：

是的

这我眠着的床

庇护着我的屋顶

躺在我身边的和我同血同种的女人

就是我的祖国

祖国

不用商量

无需斟酌

你一生下来

它就长在你的骨头里

你一迈步走路

它就钻进你的脚心里

你一会说话

它就生在你的喉咙里

你在作业本上写下第一个幼稚的汉字

它就永远地粘在了你的手心里

（本诗有删节）

2016.1.18

这么多重要的事物

这么多重要的事物
它一件都不归我管：
譬如健壮的体魄
譬如长寿如松
再譬如蕃茂的子息
生死的爱情
或者再不济
就在这浊世上立功立德
像某人说的笑话
用几张黄纸
文起八代之衰
道济天下之溺

可是这些都不归我管
都无能为力
我所能把控的
尽是一些轻飘飘的事物：
譬如翻几页旧书
填几行格子
贪恋一片新绿
或者看几只华羽的鸟儿
在树杈间上下翻飞

再或者对着女人孩子
投出一些惠而不费的
无用的微笑

哎
无能为力
无能为力
我所能管控处理的
尽是一些无关紧要的
轻飘飘的事物
而那么多那么多重要的事物
却一件都不归我管

2021.3.29

喜讯频传

从朋友老方那儿传来了好消息
那个肿瘤是良性的
没有大碍

朋友张的儿子
终于找到个妹子结婚了
长相学历等差强人意
到底把人生的这个圈给画圆了
可喜可贺

更值得祝贺的是老周
他的女儿又生了一个漂亮的女儿
前几天在微信上晒了照片
看得人喜滋滋的

老家的一个亲戚
在这城里盘了个门面
前几天遇见我
说生意还过得去
哎
平常人一年辛苦奔波图什么呢
还不就是图个肚儿圆

同事老王最有趣
我遇见他的时候
几乎都不认识了
就像蛇蜕掉了皮
他一身的酒膘不知道哪儿去了
听说是老婆闹离婚给逼的
现在好了
酒膘没有了
老婆保住了

经常下楼梯时
会遇见和我有些不对劲的老蒋
其实也没有什么不对劲
就是有些误会罢了
加上我这个人脸浅
僵局就这么年复一年地拖下来了
他的身体还是那么棒
祝福也给他

现在春天也来了
空气明显变得暖和
迎春花和中华樱桃早早就开花了
鸟鸣声也被春光点得又脆又亮
还有更多的树木花鸟攒足了劲
在准备迎接又一轮春的到来

2016.2.29

归　家

清晨醒来
两只喜鹊在窗外枝头跳跃
她们仿佛有点害羞似的
一会儿用她们可爱的尾羽对着我
一会儿又扭过头来
叽叽喳喳的
仿佛在说：
你回来了？

打开门走出门去
路和树也有些新鲜
沿途的树也轻摇着叶子
仿佛也在说
你回来了？

2018.6.19

轻与重

一 轻

羽毛很轻
蒲公英更轻得迷人

柳絮芦絮也很轻
它们飞絮满天的时候
是很迷人的一道风景

白云也是很轻的
当它们在蓝天飘过的时候
会带着我们最美的向往

轻的还有蝴蝶
和鸟的翅膀
还有孩子的风筝
乡村的炊烟也是轻的
当它们轻拂过村庄的时候
乡村便呈现出一片祥和宁静

少女的一切也是轻的
飘逸的发丝

飞漾的裙子

彩色的纱巾

就连她们夜半的梦想

也像蝴蝶一样美丽而轻盈

孩子彩色的气球

和更小的小孩子吹出的飞起来的彩色泡泡

也像孩子的无忧无虑一样轻

轻是这样美好

轻和梦想一样

都长着一双会飞的翅膀

2016.5.9

二　重

石头很重

人们把玩石头

收藏奇石

重

是其中的重要原因

还有在公园里
在灵性的水边
人们常会置放一些姿态各异的石头
公园的花花草草和水
仿佛也获得了重的力度与均衡

重的还有黄金
在纸币飞舞的年代
一块黄金掂在手
你会很真切地体会
重的价值

还有泥土
以及在土地上生长的金黄的谷子
和麦粒玉米
他们虽然承受不了黄金那么重的分量
但是也很重地
学会了黄金的质地和色泽

重
含着某种神性的东西
没有重
人就会像一只破塑料袋
一有风就会胡乱地飞起来

2016.5.9

巴布亚新几内亚

这几天看新闻
知道在广阔的太平洋上
还有这么大一个国家

它有四十多万平方公里
足足有两个湖南省大
而且气候宜人
森林无边
渔业发达

这两天我一想到此
内心就一阵阵窃喜
我仿佛哥伦布
一不小心
在宝石般蔚蓝的太平洋上
就捡到了这么大一个——
巴布亚新几内亚

2018.11.18

老 婆

（一）

老婆矮
我把东西放在高处
她就拿不到

老婆力气小
我把盖子拧紧
她就打不开

老婆文化也不行
总是分不清南宁和西宁

哈哈
老婆各种笨
真是笑死人

2017.10.12

（二）

老婆时常在屋子里追着教训我
我跑到厕所
她追到厕所

我在厕所里不由得大声喊：
好——好——好——
其实我在厕所里正在轰隆轰隆地冲水
一句也没有听到

2020.11.27

瘸腿的唐玄宗

下雨天
老婆将她的广场舞
搬到了客厅里

她用可笑的五音不全的喉咙
哼着广场舞的乐曲
又扭动肥胖臃肿的身材
跳起那忽前忽后
忽左忽右的舞步
有时还拿一把红扇子
甩出貌似鱼龙出水的韵味

哈哈
五音不全
毕竟也是歌曲
忽前忽后
也仍然还是舞步
我乐呵呵地躺在我的破龙椅上
观赏起老婆的霓裳羽衣舞
当一个瘸腿的唐玄宗

2016.4.20

额 吉

草长了一春一夏
都长起来了

无边的草原上
倒伏着这一年长成的草
散发着草被割时
独有的芳香

没有什么是这秋草的芳香不能治愈的

在草的不远处
我望得见额吉的背影
更远处
和着芳香
传来车轮滚动和马蹄的声音

在白云下
在一片秋草的芳香里
我不禁流了眼泪

2024.8.24

惊 觉

女性宁静
美丽
仔细看
她们的眼睛
眉宇间
发际飘动下
都藏着一份爱

是的
当我看见一位年轻的母亲
牵着她的孩子走过来时
我突然产生了一种惊觉：
天使
都藏在女人的形体里

2018.10.31

电　子

我发现了一个秘密
当阴雨天时
Wi-Fi会显得迟缓
而当天气晴好时
它就会显得迅捷　欢悦

这难道不是和我一样吗
当阴郁的天气里
我会沉静　动作缓慢
而更易于流泪　伤感

万物一理

此刻当我打开窗
天空铅云低沉而缓慢
原野笼烟
万物仿佛都在一片烟雨朦胧中
和我一样
陷入到沉沉的
对往日的怀恋……

2019.4.4

读 诗

130

叶语婷
女
1999年出生
新北市人

陈文道
台北市人
S诗会会员

黄咏林
中国文学硕士
台北万华人
……

这么多人
这么多我的亲人
其实我一个也不认识

我之所以这么有兴趣地
读你们的作品
这么关注你们
是因为我的祖母

曾经告诉过我

你们都是流落在外的

我的亲人

2019.4.2

大　雁

看着一群
排成人字形
渐渐远去的大雁
我不觉淌下了眼泪

其实
我不是思念谁
也不知道要思念谁

或许吧
我只是思念
那挂在大雁翅膀上的
排在大雁人字形队形中的
那一年一年
春去冬来的日子

2022.10.8

我是鱼

我是鱼
我的记忆只有七秒

我畅游在水中
在海藻荇菜间嬉戏

我优柔地摆动着我的尾和鳍
活像一条真鱼

你伤害我
我的记忆只有七秒

你背叛我
我的记忆只有七秒

你嫉恨我
我的记忆只有七秒

你冷落我
我的记忆只有七秒

我流泪

我的记忆只有七秒

我失落
我的记忆只有七秒

我的心在流血
我的记忆只有七秒

亲爱的敌手
叛将
嫉妒者
喂养伤害的人
你们看
我的记忆只有七秒

你们看
一切
在我的眼里
都还是七秒前或七秒后的样子
你们还是无辜得像一个婴儿

你们看
一切的一切
都像七秒前或七秒后的样子
在海藻和风中

我还是像一条真鱼
优柔摆动着我的尾和鳍

我是鱼
我的记忆只有七秒

2022.9.7

雪糕筒

过节了
大的小的
男的女的
都齐聚到父母家里
过节来了

屋子里欢声笑语
大呼小叫
杯盘狼藉

我的老父老母亲
就像马路边两只只剩下空壳的雪糕筒
在屋子边
在看着
守护着
这一家车水马龙的日子

2022.8.7

仿佛之间　看见盛宴

广场上
一辆辆摩托车
强劲的力量仿佛要破壳而出

一条条道路
在车轮弹奏下
强劲地伸向远方

还有这么多热气腾腾的人啊
都在忙忙碌碌
各有各的滋味
就像蚁群和蜂房

和风鼓荡
每一片绿叶
瞬间感应了风的生命
顿时活脱而欢悦

恍惚之间
阳光耀眼
风声满耳

我看见一场盛宴
摆在阳光的大地上

2019.5.21

旅　行

空气是新的
雨是新的

路是新的
房子也是新的

窗子张着新的眼睛
张望着新的霓虹灯和新的夜景

新的车流
新的市声

只有我的心情是旧的
和过去一样
我爱这新的日子
和新的人

2017元旦

门

有时候
我们一走出门来
常常会不由自主地
唱出歌

门外有什么呢
门外有敞开的天空
和自由的风

尽管我们的歌喉也许并不嘹亮
但是一旦我们走到宽敞而自由的空气里
我们仍然能唱出我们自由而年轻的歌声

还有一些人
一些或许不知道唱歌的人们
当他们走出门来
当他们也感到这种宽敞而自由的喜悦的时候
他们就相互推搡
甚至相互间挠痒痒
然后欢笑着向远处跑去
让她们年轻而喜悦的笑声
回荡在自由而高远的天空里

2020.4.29

离　别

一把新鲜的青菜里
含有那难以言喻的滋味

一枚西红柿
那美妙的形体色彩
和夏日里那惬意的酸味
也定是由上天赋予

新鲜的芦笋
它美妙的清香
我分明从中品出了
二月春风春水的气息

就是一枚似乎蠢笨的南瓜
它甜甜的味道
也远非我们人类所能仿造

更别说那金黄的麦子
和那洁白如玉的米粒
那浑厚朴素的芳香
更直接来自太阳和大地的赐与

所以
当一些时候
当我不得已要将它们扔掉舍弃时
就会生出某种不忍离别的感觉

其实无关涉钱啊
是因为这些上天赐予的万物
对我们人类有无限的悲悯与恩情

2017.4.17

百　度

好人和坏人
我都喜欢百度
好人不用说
我爱屋及乌
由此我敬佩他们的乡梓
和他们或不凡或低微的出身

看见坏人
看到我讨厌的人
我也百度
我想看看
是哪个倒霉的地方
出产了这么个可恶的人

2021.12.29

半　坡

你来到我的破屋子
不由自主地就笑起来
我的瘸腿的桌子是好笑的
我的瓦缸是好笑的
我的空荡荡的不冒烟的铁锅是好笑的
我吃饭的脱落的搪瓷碗
也是好笑的

你不知道
你这样一笑一笑的不要紧
你这样一笑一笑
就把我满屋子的半坡的旧物
都笑醒了
他们也都睁开了那泥土的眼睛
也跟着悄悄眯眯地笑起来

可是
可是
如果你不再来
它们又会在半坡的泥土里
再一次死去

2022.2.27

吃 素

我有时吃素
一吃素
肚子不免一会儿就饿了

这时
我听见吃进去的两个馒头
一个萝卜说：
"对不起！"

我一听就慌了神
内心顿时愧疚不已
我说：
怎么能这么说呢？
一个萝卜
长在自然的沃土里
夜夜吸收自然的清芬
浑身储满清甜的汁液
那么大一个果实
进入我的胃
滋养我的身体
已经是功德无比

一个馒头

那更是来之不易

每一块麦地

都染上太阳的金黄

每一须麦芒

都酷似阳光的形状

每一粒麦粒

都有太阳的芳香

我就这样

常常和肚子里的一个萝卜

两个馒头等等相互谦虚

进行着一场又一场人与食物的对语

2021.12.19

奔　跑

马奔跑起来
虎奔跑起来
狗奔跑起来
都很美

男人或女人奔跑起来
也是很美的

那储满了生命之力的下肢或四肢
在奔腾向前的时候
每一幅
每一帧
都是能和后羿那弯弓射日的雄姿
媲美的图画

上帝造人的时候
上帝先用泥土塑造了我们
然后他用仙气一吹
这些泥塑的小人儿
立即就在那洪荒旷野里
用强健的下肢奔跑起来

那奔跑的姿态
就连上帝自己看着也陶醉了

2018.3.30

虎　虎　虎

虎　虎　虎
虎目如炬
虎步生风

爪子缓慢而轻柔
世界却尽在掌握中

当他咆哮一声
百兽震恐

纵身一跃
海崩山摧

还有世上最美丽的花纹啊
悬挂在墙上
也是世人膜拜的图腾

可是
一切都是枉然
我只听见
它身后摇摆的虎臀
在哭……

2019.3.22

第二辑

故土

风　眼

乡下的女人们
一出嫁都会得一种眼病
风一吹
眼睛就会流泪

丈夫是一场风
婆婆是一场风
怀里滚烫的孩子
和猪圈里的猪儿
都是一场又一场的风

那时候我小
总喜欢问为什么
每次我看见我的堂嫂
我的表姐们红着眼睛到我家
母亲就告诉我说
表姐堂嫂们都得了一种眼病
风一吹就会流泪……

2018.8.3

大雨中的喊声

大雨一片混响
发出淹没一切的声音
这时
忽然从前面密集的雨帘中
传来父亲大声的喊叫声
由于雨声非常大
他不得不拼命地敞开喉咙
以压倒这一片混响的雨的声音

这些喊声
有时候是告诉娘
牛跑丢了
有时候是喊大哥
快去把决了口的田埂堵上

这类喊声
这类大雨中的呼喊声
有时候也发生在别的人家
在那空旷的田野里
在那大雨的一片混响中
时常传来
那一声声男人的

或女人的
那声嘶力竭的
大声的喊叫声

今天
这城市里也在下着这样一场大雨
和往常一样
我坐着聆听这雨的音乐
忽然
从这一片雨的混响中
仿佛穿过时间的烟云
传来这一声声大雨中的呼喊声

只不过这喊声
仿佛已经没有了内容
只剩下它抽象的象征——
那使劲敞开的喉咙
仿佛在述说着
在一场大雨中
我的先辈们
曾与自然发生的一些事情

2016.3.9

大风刮了一夜

大风刮了一夜
第二天早晨打开门的时候
大风却不知道跑到哪儿去了
只留下有些异样的疲倦的大地

一些松针洒落下来
地上一片金黄
还有松脂的芳香
落在地上的还有一个个松果
和一些敲得叮当响的枯枝

草坡也被刮得倒伏
有的地方像是风的形状
留下一些漩涡

父亲走出门来
少瞌睡的他
一夜可能被大风带着
乱七八糟走了许多地方
脸上显得有些疲倦

父亲默无声息地走向田野

被大风刮了一夜干渴的父亲
此刻
需要泥土的滋润

2016.3.15

七只母鸡

草地上有七只母鸡
黑的黄的和芦花的各色都有
她们悠闲的姿态
啄草的动作
以及她们自然散落分布的距离
都营造着安宁祥和的气氛

这些母鸡
曾经是母亲的最爱
母亲的一天
就是从放母鸡出笼开始
当母鸡跑向草地稻田啄食
母亲忙碌的一天也便开始

这些母鸡
和母亲一样
有着驯良顾家的本性
母鸡一天到晚在外觅食
但到了下蛋的时候
却总是乖乖回到窝里

母鸡下蛋后"果大""果大""果果大"的叫声
（有时不止一只）

是我家一天最热闹的时候
母鸡此起彼伏的叫声
母亲亲昵的嗔怪和撒谷子犒劳的声音
此刻就在我家安静的土屋内外响起

母亲和母鸡也偶有冲突
那是一些母鸡偶尔越界
侵犯了母亲篱笆里菜畦的时候
母亲驱离她们
呵斥她们
但我知道
就像母亲对我们的责骂
其实母亲对母鸡的爱仍痴心不改

偶尔家里来了贵客
或者是逢年过节
有时免不了就要拿母亲的母鸡做为献祭
此后
母亲看着残缺了的鸡群
内心会忽忽不乐
一直到来年春天
又一群小鸡跟在鸡妈妈屁股后
叽叽叽地跑的时候
母亲心中的缺口才算补足

哎

回想起那些和母亲母鸡一起生活的日子

贫穷　简陋

却也自然安宁知足

母鸡这些理财大师

和母亲的鸡屁股银行

应付着我们日常的开销用度

母鸡很不高雅

不像天鹅

那优美的姿态

云中的翅膀

总给人一种超越的美的感受

可是我却喜爱母鸡

每次我看见这些安详而忙碌的母鸡

三三两两地在觅食的时候

我便自然想到我的母亲

想到和她一样衔泥结草含辛茹苦的母亲

有时候我甚至想

母亲其实并没有死

至少她老人家的一部分灵魂

就在这一群健硕、忙碌

而安详觅食的母鸡身上驻留

2016.2.5

点　赞

天气预报说是小雨
可是老天却结结实实地
下了一场中雨

父亲仿佛觉得亏欠了
抹煞了上天的功劳似的
一面看着雨
一会儿说：
这不止
一会儿又说：
这是中雨呀
哪里只是小雨

父亲对老天的夸奖
就像常常对我的夸奖一样：
他会拧着我在小河沟里抓的一条鱼
说道：
这条鱼哪里只有四两
它足足有半斤
甚至有六两……

父亲的中雨

就这样足足地下了一上午
我看见父亲也不进门
他披了一件衣服
在屋檐下
听着雨声的美妙哗响
不停地为老天
和他的中雨点赞
……

2019.10.12

故　土

是的
我的故土并不富足
长水稻
种小麦
但更多的
却是坡地里的红薯

是的
我的故土
连雨水也并不丰沛
没有大江经过
也没有梦一样的湖泊

是的
我的故土
就连爱情也和黄土一样贫瘠呀
人们只知谈婚论嫁
常开些粗俗的玩笑

哎
这样的故土
也早已被我们背弃

户户荒草
家家门锁

可是当一辆推土机碾压我的故土
我的整个身子
突然彻骨钻心地痛
我的每根骨头都在喊
不——不——

我的故土里
还藏着我的命
埋着我祖祖辈辈的骨头

2017.1.12

尝 新

当五月明晃晃的太阳照耀
新麦飘香时
母亲就说
明星明善（我舅舅的名字）
就要给我们送麦粑粑尝新来了

果然没几天
舅舅就扛着一只布口袋来了
里面是一只只褐色的
散发着诱人香味的麦粑粑

母亲会欢天喜地的给邻居们分发一些
大人小孩一人抱着一只
香得人流口水掉眼泪
那是我吃过的
人间最醇美的味道

很长时间我都不懂
那么美味的麦粑粑
舅舅为什么一定要送给我们尝新呢
还有
母亲为什么想都不想

就给邻居们分发掉那么多呢
还有我们这些孩子
为什么也不哭闹着护食呢

到今天我终于懂得
是仁慈的麦香
是仁慈醇厚的麦香
把它的灵魂
渗进了我们的灵魂

2018.6.30

大馒头

大馒头出屉了
家里人一人抱着一只大馒头

爸爸个子大
他拿着大馒头
就好像又长了一只大拳头

妈妈个子小
她拿着大馒头
妈妈就像个小孩子了

妹妹最好笑
她拿着大馒头吃
大馒头比她的脸儿还大
全家人看着不禁笑起来

妹妹不知道我们笑什么
她也就跟着大家笑
反正吃大馒头的时候
不笑还能干什么呢?

我也拿着一只大馒头

或许是吃得太急了
被大馒头噎得流出了眼泪

新麦登场了
全家人手里
就好像一人拿着一只大高兴

2019.3.9

淡　定

这两天
老家对面的两座山
和山上的一些老松树
总是有些不淡定
因为
它们一会儿又望见
一会儿又望见
一些长年累月离开故乡的人
拖着箱子
穿红着绿
操着未改的乡音
回到故乡来了

不淡定的还有故乡的小路
故乡的池塘
故乡的田野和田埂
当我一走到他们身边
它们都齐刷刷地认出了我
忘却了一年的冷漠
都纷纷地大呼小叫着我的乳名

家里的一些蒙上灰尘经年的器具

椅子、炉灶、水缸

去年的劈柴

看见我

都仿佛羞怯似的

纷纷藏到了阴影里

可是我知道

她们都像我曾经的老母亲

因为我的突然归家

在悄悄的

背着脸擦着幸福的眼泪

2019.1.29

骨 头

一夏的烈日之后
一夏的辛苦和汗水之后
我和父亲闲了下来

坐在父亲身边
父亲仿佛不自觉的
用手摸了摸我的身子骨

我知道父亲不是抚摸
更不是怜悯
他是在用他厚厚的手掌
在测试
在一夏的苦熬苦挣之后
我又长了多少骨头

2019.8.26

故乡的车前草

故乡的田野间
随处生长着　装点着
美丽的车前草

她们贴泥而生
新鲜
娇嫩
在风的吹拂下
扬花舒叶
各吐风情

她们各有各的名字
有的叫玉兰
有的叫小杏
有的叫枣花
有的叫秀芹
她们每天都会在田野上
随着农舍的炊烟一起
袅袅上升
谁若采食一颗
就会在泥土里
长出根来

就会在她那泥土腥味里
忘魂

为什么我那么喜欢车前草啊
因为她们都是
我故土的那些根须带泥
叶片带露的小女人

2021.3.3

军功章

以前在家乡
穿两种衣服是值得骄傲的

一种是新衣服
穿上新衣服
走在街上
就像有一道亮光
刷过路人的眼
如果遇到熟人
就赶忙掏出一支香烟
敬了上去
仿佛说
抱歉抱歉
今天穿了新衣服

还有一种
是打补丁的衣服
裤子上
昨天那个让人忧心忡忡的破洞没有了
整天不断往外破损的危机解除了
穿上母亲连夜补上的
平展展

挺括括的补丁的衣服
就像别上一枚军功章
感到格外骄傲
在民兵训练班上：
报数：1—2—3—4
谭德晶
到！
声音格外响亮骄傲

2020.3.19

还 乡

还乡哪

故乡的一只黑馒头

就给我八百里归程

做了补偿

那只只原香的馒头

都来自故乡的土地和山岗

还乡哪

家乡的一碗青菜

就对我几日的驱驰

做了补偿

那片片清香满口的青菜

都来自母亲曾侍弄过的菜地

和她脚下的黄土壤

还乡

故乡的一杯清茶

就洗尽我一路风尘

十年向往

那滴滴清甜的水呀

都来自那日夜叮咚的

小河流淌

还乡哪还乡
此刻我坐在故乡的怀抱
什么也不吃
什么也不喝
就只是故乡的风那么没来由地一吹
就叫我无语凝噎
泪满眶

2016.3.6

过　年

我惊奇地发现
过年的时候
这个女疯子
也换了一身新衣服

而令我更加惊奇的是
这个女疯子
也和我们这些没疯的人一样
在过年的时候
吃得又白又胖

2021.2.13

荷　塘

门前的一片荷塘
就像我家的闹钟一样

起大风了
先就听见荷叶荷杆呼呼舞动的嗬嗬的声音
我就知道
最美丽的荷叶新娘
又旋转着绿裙子跳起舞来了

夏夜
天上的万颗星星
在荷塘的头顶上眨呀眨的
青蛙就好像不服气一样
也就在荷塘里呱啦呱啦
呱啦呱啦
一夜叫个不停

变天下雨的时候
先就听见荷叶上
雨点砸下的
啪嗒啪嗒的声音
这时候母亲在屋子里听见了

就喊：
晶儿
下雨了
快去把晒的豆子收进来

哎
真的
我家门前的一片荷塘
就像我家的一座闹钟一样

2020.4.2l

监　工

老天下大雨的时候
父亲就坐在屋子里闲着
抽着纸烟

一满池塘的水
都是老天爷给父亲灌的
父亲连工也不需要去监

这么一满池塘的水
如果要父亲去挑
该要挑多少担呀

以前夏天干旱的时候
我看见过父亲担水
他挑一担水
就要流半担汗

2020.4.21

旅行箱

当张三李四王二妹
轰隆隆地拖着漂亮的旅行箱
年关时节人模狗样地回到故里时
我总觉得
他们的旅行箱里
藏着许多我们不知道的秘密

是的　我知道
在这一方小小的旅行箱里
藏着他们她们三百多个心酸
八千里的风尘
以及一万多个
各式各样的不容易

张三李四王二妹
我的好兄弟好姐妹
你们不要难为情
你们尽情地打开旅行箱吧
大口大口地倾倒
那一腔子心酸的秘密
然后和我一样
伸开四肢

仰望白云

沉浸在故乡久违的风日里

2021.2.18

麻　布

舅舅说：
一层麻布挡一层风
所以
我看见舅舅在冬天到来的时候
他几乎把他所有的乱衣服

旧衣服
不分季节地把自己包裹在一起

所以
我最早认识的风
不是杨柳轻拂
不是荷叶旋舞
而是像褐色的泥土
像一个巨大的蚕茧
也像一座贫苦中的堡垒
以那宽大无状的姿态
穿行在饥寒的大地上

2020.10.26

千里还乡

那一年我因故千里还乡
又因故我独自一人
把年纪尚幼的小女儿
带在身旁

一路上我们赶火车乘汽车
她醒着的时候
就和我趴在窗口如饥似渴地看风景
困了的时候
就把我的大腿和身体当床

我们一路上住便宜旅馆
我们在那小小的陌生空间里走动
洗刷
说话
然后累了
就在我的守护下安然入眠

吃饭我们就在路边摊
或者小餐馆
一张餐桌旁坐着一大一小两个食客
那大的若熊的食客是我

那小的如乳鹿的是她
任什么食物
都吃得十分美味香甜

到一个地方
我常常带着她投亲访友
我们总是能得到不一般的赞许
我携带着她
就像一艘礼仪之舰
奏着欢快的乐曲
访问一座异域的军港

后来我们终于到了我的家乡
当我们乘船从家乡的湖中驶过
碧绿的湖水
成群的水鸟
我真想对着湖水大喊一声：
我美丽的家乡
一只走失的公马
终于带着一只小马回来啦

这千里带着幼崽回乡的经历
我这一生也就只有这一次
这平常的小事
当时只道是平常

而今回想
却不知为何让我感动
几欲泪水潸然

老子曰：
上天以万物为刍狗
是何言哉？
是何言哉！
生命的生生息息
即是一部最动人也最永恒的诗篇！

2021.2.19

玫 瑰

父亲的脸和背
都是古铜色的

母亲的脸和身体
都是灰白色的

我的恋人的脸和身体
都是玫瑰色的

村人们都说
说我的恋人是晒不黑的

可是
当我的父亲的汗水
像一道道黑色的溪流
淌在他古铜色的脸和身体的时候

当母亲的汗水
淌在她灰白色的脸和身体时

我的恋人的汗水
却像一道洪流

在她白色的衬衣下
从她玫瑰色的乳沟里
漫流过她的腰际
流淌过她的身体
一直淌进她脚下的土地里

这是谁的玫瑰
为什么总是让我伤心流泪

2018.7.10

第二辑 故 土

青 蛙

青蛙在呱呱地叫
一声一声的
一片一片的
很响亮

它一叫
整个寂寞柔软的田野
都弥漫起一片响亮的
金属之声

夏夜的星空如此繁密闪亮
夏夜草际虫子的鸣声
是如此地繁密如雨
如果青蛙不叫
我就要在美丽的夏夜里晕过去
分不清天和地了

2019.11.22

母 鸡

母亲的眼光很厉害
她能在一群半大的母鸡中
识别出哪几只母鸡
下蛋将最勤

不知母亲有没有理论总结
据我观察
那些最能下蛋的母鸡
通常都长得丰润
流线型
特别是由于它们心中储满爱
都显得十分温柔安静

母亲的这套理论屡试不爽
每次
当我看见母亲乐呵呵的
一个又一个地捡拾那些光溜溜的鸡蛋时
我看见母亲的眼里
充满了那同是母性的
超越了功利的
对母鸡的崇敬和感激

2021.12.17

一大碗

吃的东西
如果盛上满满的一大碗
事物的性质好像就发生了变化

母亲端来一大碗新鲜的青菜
喜笑颜开地说
看
好大一碗

有时候她更加丰盛地端来
一大碗芳香的豆腐
她也会说
看
好大一碗豆腐

这一碗一碗的青菜
豆腐
或者其他的什么食物
如果盛上一大碗
事情的性质似乎就起了变化：
青菜不是自己种的
豆腐不是自己磨的

猪也不是自己养的
米也不是自己种的
而成了意外得来的
仿佛上天赠予的礼物

2021.2.13

清明二首

一 故土的气息

清明时节的故土
仿佛氤氲着
一种特别的气息

那是遍地金黄的
菜花的气息
那是遍地生长的
野菜的气息

湿漉漉的雨
阴郁郁的天
也都是故土清明时节的气息

我的故土里的亲人们
也仿佛我们活着的人们一样
十分热爱着
清明时节
这故土的春的气息

他们在地底下
一年仅仅一次
发出一些阴郁郁湿漉漉的叹息

混杂在故土的春的气息里……

2019.4.4

二　清明归来

从湿漉漉的清明归来
我看见阳光变得更强

我仿佛听见
草木毕剥生长的声音
我仿佛看见
祖先的魂灵
也在渐渐隐去
他们留给我们最后的嘱咐是：
和草木一样
好好活
好好生长

在清明归来沉静的路上
我看见一年中最后的落叶在纷飞
树木换上了
一年里那最娇的春装

2019.4.6

秋风辞

当秋风扫过田野

刮过村庄的时候

也凛凛地梳过我的骨头

寒凛凛的大地就要来了

空中只听见风和电线碰触发出的啸叫声

秋风刮来的时候

倍感孤独的是泥黄的土屋

在灰色的天幕下

它们是那么谦逊渺小

它们泥黄的颜色

仿佛从来就没有经历过春天和夏日

它们仿佛从一出生

就准备在秋风里重归泥土

在秋风里被遗弃的还有田埂边

屋场旁那无数的草垛

它们的颜色衰败

在秋风里随风乱舞

还有一些暴露在外的草屑

竟被秋风扯到了天上

最荒凉孤独的还是田野哪
稻谷已经收割
荒凉的稻茬遗弃在田野
冰凉的积水浸入

秋来了
凛凛的大地铺开
当秋风扫过大地的时候
也梳过我的骨头

山　水

小时候
我用陌生人记忆山水
陌生人经过的路
陌生人翻过的山
才叫我记住了故土的这些地方

长大后
我用新娘子和恋人记忆山水
新娘子的花袄子闪耀过的大道小路
恋人羞涩一笑的河边树旁
才叫我记住了故乡的河流和山岗

到如今
我用离别来记忆山水
在梦里
我时常又回到故乡
在想望里
故乡山水的每一寸
都是那般温暖熟悉
牵动柔肠
故乡的山山水水　一瓦一石

都是漂泊一生

叶落归根的地方

2016.11.22

四 季

穿上棉袄
点起火炉
我就有了冬天了

有了冬天
我就有了那纷纷的落叶
和一排排站在风中的孤零零的树
也就有了那一场场最美丽的雪

脱下棉袄
换上单衣
我就有了春天了

有了春天
花儿
蝴蝶
和燕子
也就都跟着来了

展开竹席
摇起蒲扇
我就有了夏天了

有了夏天
那夏夜满天灼灼的星斗
和夜半一池的蛙声
也就都是我的了

你问我为什么热爱我的家乡
因为我的家乡
才是这样颜色分明的四季轮着来啊
才能让我这样有滋有味地
收拾安顿着这些美丽的日子

2018.5.16

松花江上

每次
当我用我独门的谭氏唱法
唱"松花江上"
一唱到
"还有那漫山遍野的大豆高粱"
我就禁不住热泪盈眶

其实
我也不是想到了日本人的侵略
我也不是想到了东北人的流浪
我只是单单的一唱到
"还有那漫山遍野的大豆高粱"
我就忍不住热泪盈眶

是啊
那深情的旋律
它们让那广袤的黑土地
和漫山遍野的大豆高粱
都插上了翅膀
飞过了天空和大地
一直飞到我的心上

2020.11.29

棠　梨

故乡
躺在暖暖的秋阳下
仿佛泛着一股股
棠梨香

黄黄的山坡
黄黄的土房
黄黄的路——
一条条金黄的带子
起伏蜿蜒着
泛着尘土
和阳光

还有清凌凌的河水
和青青的瓦楞
也都暖融融的
好像忘了世事
沐浴着金黄的秋阳

只有几株棠梨
在风中

摇着残剩不多的芳香的红叶

在说着故乡

2019.12.2

外公的生命世界

外公去世前
脑海里掠过一阵风
脸上洋溢着幸福的微笑

他挨个拉了拉我们的手
那风携带的灵魂的光亮
又在我们的脸上挨个闪过
仿佛最后
在他生命世界的注册表上
深深地刻下了一个一个面容：
我的母亲
和我们
他的三个最爱的外孙

从此
在外公的那一个生命世界里
始终住着
那幸福的一家人
他的女儿
——我的母亲
和他的几个外孙

后来姐姐不幸离去
外公在天上亲切地迎接了她
现在姐姐和外公住在一起
每天都在梳妆台前
打扮她15岁的青春

其实外公的幸福还不止这些
在外公去世后
母亲又给他添了两个小外孙
外公在另一个世界里
没有什么他不知道
所以在外公所携带的生命之罐中
那幸福的琼液
早已经满溢

2021.6.11

问故人

故乡的那条河
水还清吗
水量还大吗

故乡的一座座山
是不是都青葱如昔
大风刮过时
是不是还会发出
那巨大的呼呼的声音

山道两边的那些乌桕树都还在吗
秋天结果时
那颗颗洁白溜光的乌桕米
是不是还会像雨点一样落下来

还有人采车前草吗
一场春雨过后
车前草
是不是就到处呼啦啦地冒出来了

故人在心里一定会笑话我
一个人老了

怎么就像孩子一样天真

是的
人老了就会有些孩子气
可是
我还有些问题
其实没敢向你问起

那片大大的竹林还在吗
风吹过竹林
是不是还会发出飒飒的声音
晴朗的清晨
一些鸟雀
是不是还在竹林里
鸣噪不已

河边的那一片最漂亮的柳林还在吗
春风吹过时
那纤纤娇柔的柳条
是不是还会垂到流水里
常引得鱼儿们唼喋

这样的问题我一时也问不尽
我其实还想问河边的打米坊
村边的杂货店

以及一只好斗的公牛
和一只漂亮的芦花公鸡的下落

也许只有一个问题我不用问
因为在我问你这些傻问题时
你的可爱的小女儿
一直笑盈盈地看着我——
哦
故乡的少女
一定还像二月柳
一样清新

2017.3.23

大　地

（一）

在很多年前
（那时候我并不写诗）
我不能坐火车
因为每当我坐在飞驰的车窗前
贪婪地望着一望无际的大地原野的时候
我就会默默地流下泪来

很长时间
我都不能解释原因
有时候我把它归结为苍凉
有时候我把它解释为抑郁

不是的
不是的
是因为我一旦坐上在旷野飞驰的列车
我就亲眼目睹了母亲大地
可是
不管列车怎样一次又一次地
伸展开飞驰的手臂
你还是一次又一次地

只能从她身边滑过
而永远不能
真正扑倒在她无比柔美而深厚的怀里

2020.4.18

（二）

大地写满阳光
空中写满风

雨写满大地的时候
是分成一行行

分成一行行的还有无边的森林
当风吹过的时候
就发出竖琴般的轰鸣的声音

大海写满了什么呀
大海写满了蓝色的海水

我的胸中写满了什么
我的胸中写满了对她们的热爱

2017.12.20

父亲的雪

天开始下雪的时候
父亲的脸上
露出满意的神情

雪花飘落
山河一片沉静
当厚厚的洁白的雪覆盖大地
覆盖田野
这天赐的神恩
似乎也在父亲沉静的心里
覆上厚厚的一层

当大地在沉沉的雪被下安歇
老父亲收起锄头
也回到屋里
他拿起新劈的木柴
添在炉膛里

木柴燃烧
发出噼啪的声音
老父亲和窗外的雪地

一样沉沉的

没生出一点动静

2016.3.16

咬 舌

一首好听的歌
当被你用咬舌的故乡方言唱出来时
大家都对你的方言哈哈大笑
我也跟着笑
笑着笑着还流了泪

你不知道
我的笑和别人的笑不一样
我笑是你的方言听起来非常可爱
而我流泪
是当你用方言唱那首美丽的歌曲时
你的方言
和那首歌曲
都太打动人了

2021.4.3

小 名

在离家30里的陌生的地界上
我意外地发现
我近邻的一个女疯子
不知为什么
也出现在了这个陌生的地方

我一阵惊喜
不禁对着木然无知的她
大叫一声
而且叫的是
她二十多年没人叫的
那可爱的小名

2020.11.12

215

玉兰妹

最漂亮的妹妹是玉兰妹
玉兰妹是我的表妹

玉兰妹从河里洗衣回来了
她从河里回来就更漂亮了
她的手上
脚上
发梢上
都沾着清凉的水珠
还有她一脸盈盈的笑
把清凉的小河水也带回来了

玉兰妹背着篓子去打青蒿
跟玉兰妹去打青蒿
我愿意叫蜂子蛰
因为叫蜂子蛰也和蜜一样甜

玉兰妹打青蒿回来
玉兰妹就更漂亮了
她的脸晒红了
白生生的胳膊上
拉下一道道红印子

当她背着一大篓子青蒿
我不知道是青草更清纯
还是玉兰妹更清纯
玉兰妹满身都是青蒿的气息

玉兰妹
在冬天的烤火坑旁
我要分食你的烤红薯
我要绕着烤火坑撵着你坐
一直到你脸儿红红气嘟嘟地跑开

玉兰妹
我不要当一个城里人
我愿当一个农夫
我愿生活在一个宋朝的故事里
这样我和你就能亲上加亲

2016.4.18

第二辑 故 土

站在山坡上喊人

我那时眼神好
好得就像老鹰一样

我在山坡上看见刘玉兰
她穿着红袄子
正在山下地里拾掇着什么

于是我不禁在山坡上放声大喊：
刘玉兰——刘玉兰——

她显然听见了我的喊声
直起腰来
向在山上拾柴的我挥了挥手

我不知道她是不是也喜欢我
我也有点失落她没有
跟我一样大声喊我的名字

但有一点可以肯定的是
这是我一生
最最美丽的远程呼唤

正 月

正月来了
正月骑在舅舅的脖子上

正月和表妹玉兰的新花衣服
一起来了

正月的路上
暖阳下扬着灿烂的灰尘的
呼吸起伏着的土路上
长着一棵棵血缘的大树
结着一颗颗血缘的果子

老的果子是我的外公
大的果子是我的舅舅们
最幸福的果子是我的妈妈
最小的果子是我的小妹妹
在路上不好好走路
连跑带跳的果子是我
最漂亮的花朵和果子是我的表妹玉兰

正月乡村的土路上
长着一棵棵血缘的大树

结着一颗颗童年快乐的果子

可如今这一棵大树却早已经萧索
外公早已经仙去
舅舅们
和妈妈
亦已归故土
他们只在族谱上
在墓碑上
在我的记忆里
仍长成一棵大树的形状
连接在我最深的血脉里

2016.4.19

在彩霞满天的时候

在彩霞满天的时候
村里的二傻子
和我们一群孩子一样
高兴得嘴里"嗬嗬嗬嗬"地乱叫
他高大的身躯
在一群孩子里显得十分突出

满天彩霞
烧得天地都红彤彤的
一团一团的彤云
一会儿变成一匹马
一忽儿幻成一只狗
几乎每个孩子
都惊奇地乱喊乱叫乱蹦乱跳
二傻子身子大
跳不动
但他和我们一样
也仰着粗脖子
嘴里不停地"嗬嗬 嗬嗬"

二傻子和我们一样
从未出门看过远方的风景

对家乡的山山水水
也从不觉得有什么新鲜
只有在老天爷变幻出这满天奇景的时候
才刺激起我们麻木的审美神经
和我们一群孩子一样
嘴里不停地"嗬嗬 嗬嗬"

谁知道呢
大人们也许也觉得好看的
但大人不能和我们孩子一样胡乱高兴
或者大人们手里都有活
没时间没心思和我们一样穷高兴
只有村里的二傻子
他不晓得矜持
他也干不了正经营生
才能和我们一群孩子一起
仰望着满天的火烧云
嘴里不停地"嗬嗬 嗬嗬"

哎
几十年过去了
村子里早已经是物是人非
早先的许多事物
也渐渐归于模糊
只有村子里的二傻子

还时不时地从脑子里跳出来
嘴里不停地"嗬嗬　嗬嗬"

我有时想
一辈子能像二傻子一样傻乎乎地
"嗬嗬　嗬嗬"
也很好啊

2016.11.20

昨天的一身香

又是一个阴雨天
雨声嘀嗒

我想起我昨天
适时地忙里偷闲地
跑到江边
望着粼粼的江水
晒了一天的太阳
所以现在
我还感到一身的干爽
一身的香

这样一想
我更加想念
在我的少年时期
也欣逢过几个麦收季节
那么多的山坡
那么多的阳光
那么多的麦穗
那么多的金黄
至今想来
我一身的骨头

也不能不是

一身香

2021.5.25

新 娘

今天我的屋子
多了一样什么？

今天我的屋子
多了一样我的新娘
我的新娘像鲜花一样
盛开在我的屋子
满屋子喜庆
满屋子放光

今夜我的卧房
多了一样什么？

今夜我的卧房
多了一样我的新娘
我的新娘坐在床头
就像仙女下凡一样
我的卧房里
每一样都新鲜
每一样都芳香
每一样都像被施了魔法一样

今天我的厨房
多了一样什么？

今天我的厨房
多了一样我的新娘
我的新娘优雅
我的新娘手臂美丽修长
每一样东西都发出叮叮当当
的音乐
每一个杯盘都发出动听的声响

我的新娘
来到了我的日子
就像太阳一样

2020.6.2

仿汉乐府《东门行》

家里没有了粮食
父亲拔剑往东门去了

母亲像一只土拨鼠
绝望地在屋前屋后的泥土里扒拉

多年来
一屋的老老小小
从此记住了
那一只不冒烟的
铁锅的意象

2019.12.23

车向故乡

车过九里岗
山下
就横卧着我的故乡

世界
仿佛立刻就变了样
空气是甜丝丝的
一阵一阵从窗口扑进来
亲昵我

土地是软的
在呼吸
在它的肚子里咕噜咕噜着
只有我熟悉的
亲切的腹语

一条一条弯曲的路
一条一条蜿蜒的溪水
也都像活的经脉一样

一座一座矮矮的房子
像一颗一颗标点

都有意义

车向故乡
我准备的两包眼泪
还没有见到我的亲娘
就无声洒落

2020.7.13

布满稻茬的稻田

我看见
布满稻茬的稻田
静静地袒卧在冬日的天宇下

它们安详
朴实
一言不发
就像献祭的圣坛
在静静等待着
除夕的祝福

哪有什么伊甸园呀
我的伊甸园就是
在这稻茬布满稻田的时节
在这岁寒飘着酒香的日子里
母亲头上顶着柴草
眼里闪着幸福的泪花
将我拥归

2017.12.17

231

抱　瓮

庄子的书里有一个老人
他不用扁担
不用轳辘
每天只是无限辛苦地
抱瓮灌园

很长时间
我都不懂得这个倔老头的想法

前几天我也买了一个装米的瓮
当我每天抱出米瓮打米时
却忽然体会了
三千年前
那个抱瓮灌园老叟的心情：

当我抱着那泥土的瓮
仿佛同时抱着
土地
水
和女人

2018.6.11

大　风

大风围绕着我低矮的屋子吼
它发出啸叫声
发出低沉的吼声
又带着低沉的吼声渐渐远去

它摇晃我的木门
摇晃我的窗棂
它走路的脚步声甚至掀翻我的屋瓦

我对大风说
大风啊
你带给我无边的孤独
可是也带给了我一个广袤动荡的世界

你带给了我一群奔腾着的黑黢黢的山
你带给了我黑黢黢滚着波浪的湖水
你带给了我那在黑暗中
摇晃着丰乳的一万棵巨树

你带来的
还有在一场大风远去后
那宁静晶蓝的天顶

闪耀着的

无数颗宝石般的星星

2017.3.29

想故乡

（题记：这是我尝试创造的脱口秀诗，虽是搞笑，却也真实）

那一年
我特别想故乡
到故乡的那一刻
在路上我先看见了故乡的一个瘸子
一瘸一拐的
就觉得
故乡的瘸子瘸得都很有意思
和别的地方的瘸子
瘸得都不一样

到一个熟悉包子铺时
我都差点哭出来了
我看见几只苍蝇
围着包子在幸福地嗡嗡地飞

包子店老板不认识我：
就问我
客官，您要买点啥
我差点没忍住就哭出来了

在慌乱中说：
我买几只苍蝇

最后我看见了故乡的那个女疯子
她仍然站在那条街道的拐角处
在那里用我熟悉的乡音
自顾自地
叽哩呱啦说着

我最亲切的家乡话

2021.8.29

鸟儿（一）

妈妈纳鞋底
还缺少一些碎布片
于是
村子里一些女人们
就变成一只只鸟儿
给妈妈送来一些小布片

妈妈有时也变成一只鸟儿
给别人叼去一些碎布片

那时候的这些鸟儿
常常就这样叼着一些碎布屑
叽叽喳喳地在村子里飞来飞去

2024.10

亲　戚

我的亲戚们
为什么要那么稀罕我们呢

他们想着法儿
给我们做好吃的
想着法儿
哄我们玩
笼络我们
骗我们

是的
到今天我才明白啊
是我用一双童年的脚
一双童年的眼睛
和那一声声咋咋呼呼的
呼唤亲人的喊声
把故土的气息
亲人的气息
和我童年的气息
融汇到了一起——
成为一种永恒

2024.4.2

日　子

日子是什么形状？
它们像书页吗
它们像一件衣服吗
它们能不能被我妥妥地收进我的旅行箱里

故土的三日行
我见到了故乡的山
见到了故乡的水
还见到了那么多
那么多我的朋友初恋和亲人
这些妥妥的丰收的日子
不管它们是什么形状
都被我一一地收进
我生命的旅行箱里

2023.4.7

第 三 辑

萌萌的雪

萌萌的雪

妈妈说
等下雪了
青菜白菜会更好吃

过了几天
妈妈的菜园里
果然下了一场萌萌的雪

一小团一小团萌萌的雪
堆在青翠的菜叶上
那些没有堆雪的地方
叶片也被冻得晶亮

我想
我已经知道妈妈说的
下雪了
青菜白菜就更好吃的原因了

因为雪是甜的
雪是晶亮的
雪是脆脆的

到菜园子去看雪的时候
我不禁要感谢这萌萌的雪了

2018.12.28

动　静

有一些动静很有意思
很有灵性

譬如一只鸟藏在浓密的树叶里
你看不见鸟
只看见树叶轻颤

又譬如一滴水从树叶落下
叮咚一声
涟漪慢慢散开

哎
这些细小美丽的动静
都不如我的女儿
在轻如蝉翼的梦境中
发出模糊的
呢喃的声音

2018.5.31

对着树木喊了声妈妈

初夏雨后
每一棵树都那么新鲜
每一个树冠
都那么丰满
枝条轻摇
娴静悠然

这让我不禁想起
用香波洗完发的母亲
甩着湿淋淋的长发
散发的香气充斥了整个屋子

恍惚间　不觉开口
对着树木叫了声妈妈

2018.4.9

棉袄

冬天
妈妈穿上棉袄
笑了
虽然妈妈穿上棉袄有些臃肿

爸爸穿上棉袄也笑了
虽然爸爸的大棉袄有些破旧

妹妹穿上棉袄
脸儿捂得红红的
刚会蹒跚走路的她
就像一个棉娃娃

姐姐也穿上了棉袄
姐姐的棉袄最漂亮
姐姐的是花棉袄

冬天来了
我也穿上了新棉袄
背着新买的铅笔盒
走在上学的路上

2016.11.9

妈 妈

妈妈在别人家的时候
我总是拉着妈妈要回家

妈妈在供销社扯布的时候
营业员把新布撕得脆脆的一声声响
我还是拉着妈妈要回家

我是怎么想的呢？

我或许想
妈妈这么好的东西
怎么能够满世界扔呢

当妈妈在邻居家说笑的时候
这是我所能够忍受的
但是我还是要让妈妈知道
我在墙的这一边
正在与人一同把妈妈分享

于是我在墙的这一边
大声喊道：
妈妈…妈妈…妈妈……

2020.3.18

晨　曦

东方天边的晨曦
是谁在哺乳呢
又是在哺乳谁呢

那种光洁的
慈爱的
圣母的光辉
是不能形容比拟的
当她一敞开她的怀抱
万物就都成了她的婴儿
群山俯首
江河蠕动
小草的嘴角还挂着一颗泪珠

我想我的婴儿时期
当母亲含情脉脉地凝视着我
当我光洁的赤条条的
攀着母亲的乳房吸乳时
也曾沐浴在这样的晨曦里

2018.6.11

秋 凉

焦灼的夏天忙碌之后
一个惬意的秋凉的日子
来到了农家的庭院

鸡不再躲在阴凉处

姐姐在没完没了地照镜子
她在看脖颈处
被夏天的太阳
所留下的印记

奶奶在屋子前打盹

父亲索要我的纸
蘸着口水卷烟

妹妹在摇篮里
咿咿呀呀地唱歌
她尚不懂事
但她也知道
这是一个秋凉的舒适的日子

我在看连环画
等待着小伙伴
一个夏天
我都在网蛛网黏蜻蜓捕蝉

嗯
一个秋凉的日子来到了农家的庭院
一半惬意
一半慵懒

2018.8.24

猴子为什么跳来跳去

一只猴子蹲在树冠
若有所思地瞪着芸芸人类

哎呀
他不懂人的世界
为什么总这样无聊折腾

他始则低头沉思
垂着他金黄
嵌着火眼金睛的脑门

继而他实在不解
就开始变得有点失态：
怎么回事
怎么回事
于是他开始抓耳挠腮

他抓一阵
想一阵
想一阵
挠一阵
对人类的所作所为

仍然没有结论

最后这只可怜的猴子
为这烦恼不解的问题毛焦火燎
于是他开始在树枝上不停地跳来跳去
跳来跳去
一直想使劲弄懂
这人世的哲学问题

2019.11.23

囡囡用左手

囡囡用左手吃饭
一勺一勺准确地送到嘴巴里
看上去格外有趣

囡囡用蜡笔画画
画的太阳和妈妈
和别的孩子一样稚气十足
她左手作画的姿势
格外有意思

囡囡做游戏
抢糖果吃
都是用左手

最有趣的是囡囡打人
她生气了
她就扬起左手
拍拍拍
那样儿
每每逗得人哈哈大笑

囡囡是一个很可爱的孩子

尤其她用左手时
把人都萌化了

2017.9.26

囡 囡

"囡囡"
这个词
这个发音
这个造字
真是绝了：

一户人家
一间屋子里
有一个小可爱
布娃娃一样的安琪儿
这个字念"nan"

"囡囡"
"小囡囡"
不要说她幸福的父母
就是我现在用舌前音
发出这个"nannan"
"囡囡"的声音
我的心就融化了一半

2020.3.20

鸟　鸣

一些鸟儿在窗外
啭着娇音不停地叫我

她们有的叫我嘀呖
有的叫我咪哩
还有的鸟儿叫我叮叮
有的则叫我丁铃铃　丁铃铃

还有的鸟儿蹲在浓密的树叶间
叫我布哥哥
有的鸟儿则像撒娇的孩子
叫我爹地　爹地……

就连小小的麻雀都知道我的昵称
不停的叫我叽哩　叽哩

这些鸟儿怎么都知道我的名字啊

她们都在用她们各自的语言
亲切地叫我
darling

2017.10.24

泥　土

爸爸几锄头挖下去
种上一棵小树苗
小树苗就活了

妈妈用小铲子刨个小窝儿
把小小的种子撒下去
种子就发芽了

我不知道是爸爸的锄头厉害
还是妈妈的铲子厉害

其实都不是——
是泥土厉害
田埂边　土坡上
还有许多野草野菜
它们都不是爸爸妈妈种的
也一样长得很美好

2020.5.13

理　由

母亲说
我小时候很乖
十个月就会说话
一岁时就会走路
两岁时就会甜言蜜语
到邻居家里骗吃骗喝

三岁就知道多愁善感
经常在家里
对在外"大炼钢铁"的父亲
望眼欲穿

四岁受到母鸡下蛋的励志感召
也跑到鸡窝里蹲上半天
……

可是
我的幸福的童年
只存在母亲的口中
我自己却没有半点记忆
更不用说真切的体验

所以
我有充分的理由
从六十岁开始返老还童
把我曾经历过的幸福生活
重过一遍

2020.4.25

简单的幸福

房子门窗粉刷完毕后
又给她挂上了卡通图案的花窗帘

孩子高兴得不得了
她在自己的小房间里咿咿呀呀地唱
她在小房间里忘情地一个人游戏
她好几次高兴地对我说：
爸爸，我的房间怎么那么漂亮啊

后来
她要上学了
给她买了漂亮的小书包
给她买了漂亮的文具盒
还给她买了一只小公鸡啄米的小闹钟

孩子很兴奋
一会儿拿着这样那样问
爸爸，我的文具盒是不是很漂亮
爸爸，我的闹钟是不是很漂亮

有好多次
我看着孩子在这小小的满足中幸福地睡去

我就在心里对她说：

孩子，这世界上漂亮美丽的东西多得很

以后当会令你喜不自胜

可是我还是希望

你一生

都能在这种简单的满足里

幸福地睡去

2018.4.22

恐龙世纪

冬天雨雪连绵的日子
小孩子真是最没意思的人了
他们屁股上像长着一个弹簧似的
一刻不停地
在屋子里跳来跳去

不像我的爷爷奶奶
他们亲切柔和地
安静地坐在炉火旁
闪烁的火苗
把他们的影子
在墙壁上晃来晃去

在木柴爆响的噼啪声中
飘雪的冬天田野
在阴沉的窗外缓缓展开
而在他们如木雕般沉沉的身后
仿佛还站着一个
遥远的恐龙世纪

2019.2.23

货拉拉

（网载新闻：一个花季少女因为恐惧从一辆货拉拉中跳车不幸身亡。）

看见一辆货拉拉
我不由得驻足
我细审它窗户的高度
又暗窥那张座椅
是不是足以让一个少女
在花儿般的季节里
从生的世界里甩出……

可爱的姑娘
你为什么要用这种方式
让我们这些陌生世界的人知晓你
你为什么不能像一只鸟儿
躲在春天里
悄悄的美丽
悄悄的幸福！

2021.3.6

答错题的孩子

答错题的孩子
都是孩子气十足的孩子

小明把"地"写成了"也"
小花把"柜子"的"柜"转了个方向
小石头最有意思
听写成语"买椟还珠"
写成了"买读还猪"

哈哈
答错题的孩子
都是孩子气十足的孩子

我因为喜欢这些孩子
常常在教室走廊里
饶有兴趣地
看着这些孩了
伏在考试的课桌上
抓耳挠腮
犯下一个又一个有趣的错误

2019.10.9

种星星

我有时候想
当我写出了一首美丽的小诗
那首小诗
就成了一颗美丽的小星星

它会转动
它会发出熠熠的光
不管人们能不能看见它
它都会在那蓝蓝的天幕上闪亮

可是
一朵小花
一片美丽的叶子
难道就不是一颗小星星吗

她们也是小星星
一只蝴蝶
一只蜜蜂
一只燕子
它们也都是小星星
她们还和许许多多大大小小的星星一起
组成了一个无比大的

闪亮的生命的星辰

我的诗
我的小小的诗
只是那许许多多星星中的
一颗最小最小的小星星

是的
它们很小很小
可是我还是很高兴
自己也是一个会种星星的人

2022.3.30

第三辑 萌萌的雪

最幸福的一天

早上
穿上洗得干干净净的衣服
不慌不忙地去学校报到
一路上遇见许多小伙伴

不到十点半就放学了
背上一大包崭新的新课本
真不敢相信
世上还有这么美丽的日子

坐在路边
迫不及待地拿出新课本
花一小时
把一学期的新课本翻完

最幸福的事是在晚上
妈妈拿出不知在哪儿找到的结实的牛皮纸
把我的新课本包得四只有角
平展展
我用铅笔歪歪斜斜的写上名字

一生中有许多痛苦或幸福的日子

最幸福的

是童年开学这一天

2018.8.31

第三辑 萌萌的雪

燕 子

喜鹊

斑鸠

布谷鸟

八哥

还有许多许多鸟儿

都会飞

她们都使劲扇动翅膀

从树上飞到树下

从树下飞到树上

象形字看见了

创造了一个汉字：

"奋"

这时燕子飞来了

燕子多么轻盈

燕子为飞而飞

燕子飞起来

空中闪动着一幅黑色的剪影

这时喜鹊

八哥

斑鸠

和小麻雀
纷纷扇动着翅膀
齐声喊着：
燕子是飞行冠军！
燕子是飞行冠军！

2021.6.5

伊甸园

清晨
拉开窗帘
熹微的晨光镀亮了我的房间

简陋的房间里
床
桌子
茶杯
都一一投下它们宁静的轮廓

女儿还没有醒
在软软的摇篮里
乳白的晨光
轻微的响动
并没有侵扰她甜甜的睡眠
宁静
安详
美丽……

这情景
这图画
如此肖似——

这不是我的简陋的房间
这只是一幅画中的伊甸园

2020.4.17

一棵写得很好的树

从前我夸学生的作文
或者夸奖别人的好文章
有时也夸自己的诗
就说：
写得好！

今天走在路上
迎面碰见一棵高大婆娑丰茂的树
我那经典的赞美词不禁脱口而出：
写得好！

然后自己莞尔一笑

2018.8.10

我的善良那么小

我的善良那么小
就像一个婴儿的微笑

有时候
给陌生人指指路

有时候
提醒人找错了零钞

有时候遇见邻居的猫
也学它喵喵地叫两声

有时候
对花
对草
会心地微笑

我的善良那么小
就像婴儿的微笑

2017.9.21

门牌号码

孩子每次到家
都要高兴地念家的门牌号码
我不知道她是表示她认得那几个阿拉伯数字
还是表示知道
那几个数字代表她的家

其实是后者
因为有几次
她在别的地方看见了
和我家的门牌号码一样的门牌号码
她也露出惊喜的神情
并且高兴地明知故问：
爸爸
这是不是我的家

2022.1.7

自　豪

背着新书包
拿着新课本
听班主任讲话：
同学们：
你们现在是一年级的学生了
自豪感油然而生

又到新学年了
班主任说
同学们
你们现在是二年级的学生了
自豪感油然而生

以后三年级
四年级
五年级
每次新学年的开学
都会在班主任的感召下
和同学们齐刷刷地在一起
沉浸在不断长大不断进步的自豪里

有时候我甚至像一个傻子一样地想

我这样一直读下去

我是不是要一直读到一百年级

2021.8.30

对着一辆邮政车微笑

一辆装运快件的绿皮邮政车
神气活现地从我身旁驶过
我不禁对着它一笑

我说
快递小哥
你不要这么不解地看着我
我是看着这偌大的送信的公司
（曾给我邮过好多恋爱信）
曾像一只搁浅的鲸鱼
现在终于重又起程

2017.11.2

露　水

草叶上有这么多露水
你怎么还会孤独呢

每一颗露水都是那么清凉
每一颗都映着清晨的阳光
里面还有彩虹的色彩

草叶上的露水这么丰沛
你怎么还会孤独呢

走在草丛
清凉的露水会扑簌簌地洒下来
打湿了你的脚
打湿了你的裤子
如果你弯下腰去用嘴舔一舔
会知道露水是清甜的

田野这么美丽
草叶上的露水这么清亮
可是像露水一样的玉兰妹不来
我还是会孤独呀

2016.5.29

借墨水

当小萍的墨水
从她的笔尖
一滴一滴注入到我的笔尖时
我感觉那滴滴可爱的墨水
从她的笔尖
注入到了我的身体里

那一年我读二年级
有幸和美丽的小萍坐在同桌
她妈妈是镇上的干部

可是这样美丽的事情
到我小学五年终结了
再也没有发生过

原因是我讨厌的钢笔
再也没有缺过墨水
还有讨厌的我自己
总是不愿假装或故意没墨水
去哄骗天真可爱的小萍

2018.2.23

地球好老

地球好老好老
比爷爷还老
比爷爷的爷爷还老

几个孩子
在地球爷爷身上蹒跚学步
一扭一歪的
一歪一扭的
地球爷爷就偷偷地笑

一个幼儿摔倒了
触到了地球老爷爷的胡子
痒痒的
地球捂着嘴巴
呵呵呵呵的
笑得更厉害了

地球好老好老
比爷爷比爷爷的爷爷都更惯着孩子
他说：
嗯
咳咳

把我的好东西

都给孩子……

　　　　　　　　　　　　　　　2022.3.1

桂林山水

我想到了一个办法
在想母亲而无果的时候
我就去想雨中的桂林山水

她们的面容清癯美丽
而忧郁
像一幅母亲灵魂的画像
若隐若现
高高挂在雾雨的天际

人生就像一场美丽的梦啊
在这场美梦的人生之初
是母亲
如温柔动荡的漓江之水
九曲回肠般环绕着你

2021.5.23

分　糖

小朋友手里有五颗糖
妈妈说；
给小朋友每人一颗糖

一颗
一颗
一颗
等分完第五个后
小孩子突然发现
自己手里一颗糖也没有了
于是嘴一撇
就哇哇地大哭起来

妈妈抱起孩子
在孩子脸上狠狠地亲了几下
又给了孩子两颗糖

嗯
我也想这样分糖
并且也这样
得到妈妈的奖赏

2021.10.25

过马路

我过马路
左顾右盼
然后一溜烟地就走过去

美女过马路
目不斜视
穿着高跟鞋
飘着长裙子
不紧不慢地
像一道风景飘过车流

呵呵
每个美女
是否都像子路一样勇敢
为了心中那美的存在
死而不忘正其冠

2017.9.13

"呆诗"十七首

（我曾在欣赏八大山人的画作时，见他经常用稚拙的笔法画些"呆鸡""呆鸟""呆鱼"，很有意思，觉得"心有戚戚然矣"，于是仿效之，也用稚拙的笔法写了一些类似的诗，因之命名为"呆诗"）。

一　剪枝

小树很乖
我给她剪枝时
她一动不动
虽然一声声咔擦咔擦的
很疼

就像我可爱的小狗
给他打针时
他只眼泪巴巴地看着我

他们都知道
我爱他们呀

2018.3.21

二 大雨点

大雨点突然来了

啪啪啪啪

人们像惊散的小兔子

纷纷奔逃

哈哈哈哈

被大雨点惊吓是有意思的

不是害怕

而是快乐

2020.4.20

三 两只蝴蝶

这么多的蝴蝶

这么多美丽的蝴蝶

大家都有一双美丽的翅膀

大家都在一块儿飞呀

翩翩　翩翩地飞

为什么有两只美丽的蝴蝶

飞着飞着

就翩翩地

飞走了呢

四　招牌

社会上三教九流
各有各的招牌

有的说
卖衣服
有的说
卖鞋

我想
我又不做生意
不知该做个什么招牌

假如一定要做个的话
我想
我就写
爱我

或者写
我爱

五　雌性激素

老师说
女人是雌性激素做的

雌性激素像水
很温柔
很圆润

其中一个
做我的妈妈
还有一个
做我的妹妹

2017.7.17

六　傻话

一个孩子
拉着他母亲的手
骄傲地说：
这是我的妈妈

这让我不禁想起
我也曾经拉着母亲的衣襟
对另一个孩子
说过这样的傻话

2018.3.17

七　夜

一

夜来了
老天慢慢合上了他的眼睛
鸟儿纷纷飞回她们的巢里
孩子们都回到了妈妈的身边

二

夜来了
村庄安宁在夜色里
我的小学校也沉入夜色之中

只有美丽的邓老师和熊老师
在灯光下
拿着红色的蘸水笔在"骂"我们：
这些傻孩子！

2020.4.24

八　绿布白布

水是绿布
可是水从高处流下来的时候
就成了白布

每次我去扯布做衣裳的时候
我不知道是扯绿布
还是扯白布

九　哑语

风一起
树叶就纷纷舞动起叶片
就像一群聋哑人
在剧院里
纷纷摇着手儿鼓掌
打着哑语

虽然不会说话
但是多么快乐
多么幸福啊

2018.5.15

十　乌云

小时候不喜欢乌云
一到描写不好的情景
就说电闪雷鸣
乌云翻滚

到现在才知道
乌云也是云哪

乌云是天上的一朵黑玫瑰

白云是天上的一朵白玫瑰

2017.8.21

十一　手

见落叶飘下

我张开手臂

见麻雀跃起

我张开手臂

看见可爱的孩子

和漂亮的姑娘

我也想张开双手

原来

爱都长在手臂上

2017.8.30

十二　我

我是高大树冠上的一束绿叶
宁静
透明
新鲜

你看不见我
我独自享受着
和暖的阳光
和风的喜悦

十三　抱抱

几只鸟儿在草地上觅食
我不觉向她们拍了拍手
向她们说抱抱

我想
当我向她们拍手
这些小鸟
就会张开翅膀
飞入我的怀抱

2021.5.20

十四 落叶

我扬起双臂
想抱住纷纷的落叶

落叶张开更多的臂膀
也想抱住我

十五 俄罗斯套娃

俄罗斯套娃
没有胳膊

不是没有胳膊
是她的拥抱紧又圆
胳膊已经在别人身上融化了

俄罗斯套娃
胸腹大

不是她的胸腹大
是她装着许多许多
可爱的小娃娃

十六　绿色邮筒

我是一个落寞的人
比路边的一只绿色邮筒
还落寞

十七　相册

离别时
你频频回头
缤纷如相册

第四辑

有树陪着的日子

树的一生

小时候贪吃
常常爬上树
偷摘果子

年轻时爱花

中年时
却独爱树叶
爱那郁郁葱葱丰茂的树叶

到如今老了
我连树的枝干也爱
那盘曲错落枝干编织的图案
蕴藏着树最深刻的美丽

一棵树
就这样伴随了我的一生

我想
我现在只有树根没去爱了
等到我和他一样深藏于地下时
再去爱树根

2007.6.5

备　注

我性鄙陋
满满的一社会人
我认识不了几个

姓树名木却很多
我和他们相处
也总是不问桃李
不论雄雌

我和她们都相互加了微信
而且我按我的方式
——给她们改了备注昵称

有的姓枝
有的叫丫
有的曰蟠
有的唤曲
有的叫拐
有的叫疏
有的叫簌簌
有的叫飒飒
还有的叫定风波

有的叫雨霖铃

……

微风一起

她们就在我的微信里窸窣私语

雨点一落

她们就在我的群里啪嗒啪嗒

当大风扬起

树木们纷起绿涛

那雄伟瑰丽的舞姿

只有海中巨浪能够与之相比

我有这一群朋友

我的能耐就是不停地发表情包

我有时微笑

有时咧嘴

有时偷笑

有时飞吻

有时拥抱

……

呵呵

树木们

你们真是我的好朋友

有你们这样一群素心人

我愿效陶、白

乐与你们一起数晨夕

共风烟以老

2020.1.14

大音希声

我其实有一套不错的音响
但是我一年都难得撤开它一次
我自己的解释是
相比于任何的音乐
我更喜欢宁静

我其实也有不错的歌喉
但是和我对待音响的态度一样
我一年也难得光顾一次歌厅
我想
相对于在卡拉OK厅一展自己的歌喉
我是更喜欢宁静的"歌声"
（哈哈，假如有人请我的话不在此列）

确实的
我爱宁静
而且我的确许多次
黑夜或者白天
在一无声响万籁俱寂的寂静里
听见了那最美妙的声音

可是

这歌声
这宁静而又美妙的声音
难道不同时又为一片淅沥的雨声
所传达

这宁静而又美妙的声音
难道不也可以从一片衰黄的秋草下
一片虫声唧唧的声音中获得

可以从风扫过森林
那犹如万马奔腾的松涛中获得
当然
大海的宁静
犹如恬静的婴儿
细浪那轻舔沙岸的声音亦是如此
可是
当黑色的海浪滚动在遥远的天边
当一片无际的雪白的海鸥
舞动着翅膀
发出那天堂般的一片嘎嘎嘎的叫声时
难道不也是那最为美妙的
也最为宁静的天籁之音

是的
庄子说得好
大音希声

大是自然之大

希声是美妙的

同时又是宁静的声音

2016.3.8

怀 疑

一个人走进树林的时候
树林有时候会表示怀疑

有时候
风一吹
飒飒飒飒

有时候
风一吹
窸窸窣窣

树林真美啊
连她的怀疑声
也是那么美

2020.4.18

季 候

在寒暑变换
冷热剧烈交替的时候
老天爷常常会让人醒着
黑夜中
老天在匆匆地移动着大块
御风带雨呼呼运行
在这时候
黑夜中就会亮着一双双眼睛
说：
天又变冷了呢……

小孩子是不关心季候的
可是我也有许多次
在冬天的黑夜里醒来
听着我的父母亲在黑暗里嗫嚅着小声说：
下雨了呢
或者说：
下雪了呢
然后是一片巨大的宁静
这时候
我也感到了季候的来临
同时听见

夜色里那些悄然而至的
打在屋瓦上的下雨或下雪的声音

2021.1.10

君 子

自从有了雾霾
我对这视之不见
搏之不得的空气
也有了感觉

坏空气
污浊
黏稠
面目丑陋不堪

好空气
清新
清甜
亲切美丽

你信不信
在空气清甜的日子里
走在路上
连少女
也更加清新美丽

现在每次一逢到
这样清新美丽的日子

我就会招呼上一家老小

带上猫　狗

如果可能

我甚至想带上

家里的蟑螂和老鼠

茶杯和椅子

和我一起到野外

呼吸这仿佛上天赐予的

清新美丽的空气

我会大声喊：

大家听好了

一、二、三

呼吸！

中国古人曾将梅兰竹菊

称为"四君子"

非也非也

此乃小焉者也

真正从不孤高自显

默默奉献于我们的四君子是：

清新的空气和水

蓝天和土地

2020.1.7

恐　龙

像恐龙一样呀
爪子
是如此深厚有力地抓住大地

可是却又是如此地丰美宁静
宁静若处子
丰茂
就像哺我育我的芳香的母亲

当风刮过的时候
就从身体里
从发丝里
从胸腔中
发出那深沉浑厚的赞美

我说的是树
是宽广博大的森林——
当我说到这些的时候
内心就充满了对于树木和森林
这活着的恐龙之群
那难言的崇敬和感恩

2014.11.2

流　泪

望着一望无际的大草原
望着马群和群风流淌的大草原
我也流了泪

以前
席慕蓉
王洛宾
还有一个藏人仓央嘉措
他们也在草原中流下了无名的泪水

他们的泪水很醇厚
很久远
我的泪水很晶亮
很新鲜
现在就挂在脸上
和胸前

2020.4.2

鸟儿（二）

我正在吃饭
桌子上摆着七碟八盘
这时
一只鸟儿飞到窗前

我瞬间觉得
我真是一个富户
大户
和鸟儿相比
我真是富得流油

我对鸟儿说
鸟儿们
我愿意接济你们
我愿意开仓赈粮
我愿意把我的甘脂膏粱和你们分享

可是鸟儿或许听不懂我的话
或许鸟儿并不喜欢
我这种母鸡式的安闲生活
她振一振翅
噗的一声就飞走了

2021.4.13

下雪了

冬天
上帝把他看家底的美丽赐给了人间
景色妙
人的心情也妙

早上我咯吱咯吱地走在雪地上
几个平日不太熟的人
看见我高兴地问候说：
你好！

几个孩子
背着书包正上学去
看见我都齐齐地仰过头来
高兴地喊道：
爷爷好！

一个婴儿
或许也懂得下雪的喜悦
当我把一粒雪沾上她脸蛋的时候
她对我露出了那最纯净的
雪一样的微笑

我看见了满地的雪
我看到雪铺到了路上
铺到了房子上树枝上
铺到了田野上
远远望去
它一直绵延到天上去了

2019.12.19

言　语

在自然的世界里
实在用不着言语

像我
天天在自然里徜徉
看见几只美丽的蝴蝶
就从喉咙里发出一声：
"欧——"
看见一只鸟儿
喜不自胜地叼到一条虫子
也是发出一声：
"欧——"
看见两只鸟儿用鸟喙亲昵
也是一迭声地"欧——欧——"
看见十几只华美的喜鹊
翔集于一棵树巅之上
就连续地发出：
"欧—欧—欧——"

怪不得鸟儿动物们不会说话
原来在自然的世界里
能够简单地鸣叫就够了

2020.6.3

天　堂

天堂
其实不是你想象的那样
它不是金碧辉煌
也不是一片大理石筑就的
纯净透明的澄澈之境

天堂
其实就是一片碧树连天的绿色海洋

你问我是怎么知道的
这很简单
因为在这个世界上
我唯有对一棵美丽的绿树
一片静谧的绿树
永不厌倦

2018.5.14

下在人间的雨声

下在人间的雨声
听起来也是那么美
那么纷繁万状

打在屋顶瓦片上的
是啪啪啪的声音
雨点稀落时
啪啪啪的一声声很响

落在屋檐下雨窝里的
则是一声声咚咚的声音
和着屋前树叶啪哒的声音
在人家门前奏起一片雨声的安宁

雨声打在路上
打在急驶的车上
打在墙边的破瓦缸上
声音都不一样

打在窗外遮阳棚上的雨声最响
当雨很大时
遮阳棚就发出欢天喜地的嘭嘭嘭嘭的声音

把别的一切的声音都压倒了

裸露在雨天里的万物
在雨声里
就发出不同的万状的声响

下在人间的雨声
就和人间一样
纷繁
动听

阳　光

每一片黄叶
都在秋阳下轻摇着
像一只只风铃一样

每一棵乌油油的香樟树
都在舒坦地敞开自己
静静承受着阳光

千门万户
每一棵草
也都和我一样
和香樟树
或者像一只只风铃一样
敞开着自己
接受恩赐的阳光

蓝天这么明亮
阳光如此明媚
还能有谁不幸福

2018.12.17

人间四月天

四月的阳光
最温暖明亮
四月树木的阴影
也最柔和清爽

四月的阳光在空中
到处充溢
揉和着鸟语花香
四月的日子
就像加了蜜一样

四月的阴影在树冠上
无比新鲜
圆润
一团一团
一簇一簇
就像母亲丰满的乳房

这就是人间四月天啊

走在人间四月天里
我想融汇进四月柔和的阴影里

又想让四月的阳光把我照亮
在阳光和阴影和谐的合唱中
我不知道该汇入它们的哪一个音部
来赞美这美丽无比的
人间四月天的日子

2019.4.19

树　冠

树冠是另一个世界

它连绵绿色的云
和乳一样丰柔的形体
当风吹起
涌动着
构成了天堂和大地之外的第三极

白云是谁的树冠?
谁有如此广大而深远的根
撑得起这一天树冠般的白云

大地啊
负载着我们劳作
开花和结果
那天上白云的树冠
则负责收留我们的魂

2018.8.8

水

水真是好东西
口渴了
喝一杯水
就不渴了
身上脏了
打一桶水
洗洗就干净了
豆子硬了
用水泡泡就软了

花儿有水
花朵就开了
庄稼有水
庄稼就结籽了

水不仅有用
看也是好看的
蓝蓝的
盈盈的
亮亮的
叫你永远也看不厌
也永远不知道她隽永的意思

上帝真是慷慨啊

这么好的东西

他一江一江地流

一湖一海地铺

一满天一满天地下

上帝这么大方

可是这么好的东西

我们还是要懂得珍惜啊！

2016.1.21

第四辑　有树陪着的日子

水声为什么好听

水声为什么好听

河水拍岸的声音

好听

海水呢喃轻吻沙滩的声音

好听

山间泉水的声音

好听得不得了

下雨的声音

也好听

就是屋檐滴落的水溜

就是自来水流出的声音

就是水在桶里晃荡的声音

都好听

水声为什么好听

因为每一滴水中

都藏着一颗最纯洁最纯洁

最纯洁的心灵

2021.5.30

品　行

去的时候
我走大路
我从樟树荫下过
树木浓荫
花香馥郁
大樟树真是阔大
无私
舒服

回的时候
我要另走一条小路
我要从柳荫下过
柳荫翠绿的裙子
她飘飘的身姿
叫我倍感亲切

我想我的每一天
都要献给不同的树木
桃树　李树
杏树　石榴树……

确实确实

待这些树木
我的品行真不好
总是见一个
爱一个

2021.4.13

青草的战争

青草打仗时
就用绿色慢慢地蔓延

当一种草打赢了
那一大片就成了她的领地
到处都是她的绿色
到处都是她的清芬
到处都是她开出的
小小的星星般的花朵

可爱的青草
你们也来打我呀
我愿意让你们侵占我的领地
我愿意你们把我覆盖

因为你们的战争
也像那轻轻的　青青的
柔软的爱情

2018.4.15

阳光如花

恍惚间
那在茂密的枝叶间闪烁的阳光
就像花开放在空中

原来阳光如花啊

世界这么宁静
绿叶这么安静美好
只有阳光的花朵
那么斑驳陆离
纷纷开放在空中

2018.6.27

夜真好

夜真好
这么宁静

雨真好
发出这么宁静动听的声音

茂密的
在夜色里蠕动着的树叶也很好啊
让雨敲打着
发出这么密密的
酥酥的声音

仔细倾听
这夜色安抚下的
万物都很好啊
它们用各自的琴键
敲击出雨夜
这一片恢弘而静谧的和声

2019.5.5

情 景

我正在园子里巡视我的居民：
新长出的嫩嫩的
新鲜无比的石楠叶子
芳香的
一团团如焰火一般的石榴花
丑女般的枣树上
也羞涩地绽出了美丽的叶芽
挂满狗耳朵一样叶片的毛茸茸的枇杷树
结出了毛茸茸的果子
周围静悄悄的
只有嗡嗡嗡的蜜蜂
在匆匆地采集花蜜

突然
朋友悄悄来到我的院子
不出声地站在我的后边
猛丁冒出一句：
枇杷叶暗初结子！

我猛一惊
高兴地说
你这人怎么不早说

吓我一跳
怪不得我闻到身后有一股浊气

我和朋友哈哈大笑
愉快的一天开始了
虽然朋友说我的语言
暴露了我重色轻友的丑陋面目
哈哈哈哈哈……

2021.4.23

树　根

是什么支撑着一棵大树
支撑着它的美丽丰茂
支撑着它那难以言喻的扶疏横斜
和那在云中摇晃着的高大的树冠

是的
是树根
是那丑陋扭曲
在地底下积攒着力量的树根
是那在幽暗的地底
爪子如恐龙般紧抓大地的树根

有很多次
这些藏在地底下的树根
偶尔向我露出了他们那令人震惊的真容

我知道
那就是支撑着一棵大树的
骨和魂

2019.1.27

听 雨

太阳好
但太阳是没有声音的
不能听

下雪也好
但下雪那细微的唏唏的音乐
又有几个人能够倾听到呢

风声当然也是好的
当它刮过树林发出呼呼的声音
当它掠过海洋激起奔腾咆哮的声音
都好
但是当夜晚听到风声在屋外走过穿过的时候
内心还是不免起了一种惊悚的情绪

只有雨好
只有雨声好
夜晚
雨声淅淅沥沥的
点点滴滴的
飘飘洒洒的
哗啦哗啦的声音

我就是躺在床上
一晚上睁着眼听
我都是愿意的
当然
如果雨声能够滋润我的梦境
那也美极了

就是在白天
就是在雨天那阴郁的
丝丝飘洒的背景下
我就是一天什么事也不干
就是坐在窗前听雨
我也是愿意的

今天是一个下雨天
我一整天都没出门
我就这样听雨
听它滴嗒的声音
听它淅沥的声音
听它没完没了哗啦飘洒的声音

我就这样听
把人心都听得软软的
郁郁的
静静的

直到把我自己
都听得忘了世事
都听成一个诗人

2015.6.21

节 日

梧桐叶片

枫树叶片

银杏叶片

每一片叶

都像美丽的金色星星

飘落凡间

孩子们

在落叶上打滚

女人们

就把落叶拿在手里

顶在头上

贴在脸上

拍照片

我看着一地的黄金

有点踌躇无奈

也捡起来两片

聊且拿回去做书签

我想

这些几千万年前
就被上天设计出来的美丽的叶片
今天终于等到了
它们斑斓欢乐的节日

2020.11.21

森林中的小路

森林中的小路
宁静　弯曲
落叶飘洒

去冬
它曾经为一场大雪覆盖
茫茫的大雪
使森林陷入了一场深沉之美

这种美曾经被我所捕捉
我看见我至今好像还呆立在那里

就像树
就像小路
它至今还在以各自的方式
在回忆中陷入

2018.4.1

夜的心

夜的心在哪里
它在那沉沉睡着的湖心
黑黢黢的湖水
沉睡着黑黢黢的山影
和星星

夜的心在哪里
它在那沉沉睡着的山林
翁郁的山林里沉着一个大梦
虫声吟
野雉突然惊醒

夜的心
它就沉睡在我的家里和床头
辛苦了一天的大哥和父亲
在静夜发出此起彼伏的鼾声

夜的心在狗的叫声里
一只狗　几只狗
静夜里不知受了什么惊吓
连绵地吠叫
沉沉的山村

一时笼罩着狗的吠声

哦
夜的心
是我醒着的耳朵和眼睛
此刻
正谛听着沉沉的田野大地
静谧美丽的山村

2016.12.3

夜凉何其

夜多么广大而清凉啊

大地安歇了
每一棵草
都在夜里吐出清凉的气息

连绵的大山也安歇了
无言的
耸起它黑黢黢的
高大的脊背

还有一些虫子
也都在草丛里叫个不停
叫得人人心恓惶
无所凭依啊

还有那更为孤独广大的天空
被冰凉的气息统治
星星和月亮的矿石
都散发着冷冷的光

河水流淌的声响

在夜里听起来
也令人倍感孤独啊

夜凉何其
清冷的气息带着草野间的虫吟
不断地涌进窗子……

2016.3.27

椰　树

看见椰树
就看见了美丽风情的南国

南国的热风
吹卷着椰树美丽的超短裙

椰树踮起修长的白皙的腿
眺望着南国美丽的海洋

多识于鸟兽草木之名

我认识不少的树
譬如我知道香樟树
椿树　苦楝树　槐树　榆树
不用说还有松树　柏树　杉树和柳树

我也认识不少花
如迎春花　茉莉花　桂花
山茶花　郁金香花　樱花　栀子花

和孩子一块儿游玩散步的时候
经过它们的身边
看着它们的清新美丽
我会告诉或呼叫它们的名字
这时我会感到很自豪也很高兴

可是还有更多的树和花
我却连它们的名字也不知道
它们兀自地那么美丽着
我不能抚摸它们
拥抱它们
亲吻它们　和它们结婚
也就算了

可是连它们的名字也不知道
的确是不应该的

从今后我要去访求她们
就像孔夫子说的
多识于草木鸟兽之名
当和我亲爱的人一起经过时
我能唤出她们所有的名字
让我和她们
都露出自豪惊喜的表情

风　景

一头牛穿过晨雾
缓缓走来

青草何德何能
濡满丰沛的露水

宁静中
我听见山鸟的翅膀在响
门前的河水在喧哗

是的
世界很大
可此时此地眼前的风景
对我却已经足够

2017.10.3

瀑　布

水呀
淡水呀
清水呀
每一滴都是珠宝
上帝却一次给了这么多

站在瀑布下
天降的甘霖沐浴全身
我不能言语
在瀑布的轰鸣声中
我差一点死去

2020.4.9

雨天即景

雨天
树木安静地敞开了身子

听得见小草的根须
在专心吸水

平日趾高气扬的汽车
现在也静静的
趴在雨中一动不动

积水的野地
有一只被人丢弃的鞋子
一把破损的椅子
陷入了回忆

搞不清石头的心情
它仿佛在慢慢变软
在用它细小的牙齿
轻轻咀嚼着
这阴雨连绵雨天的日子

2019.5.13

五月的树

多么青翠啊
却不会和我说话

多么丰茂啊
却不能投入她的怀抱

绿鬓扰扰
却不能与她拉拉手

巧笑倩兮
却不能和我拥抱

又纯净又美丽
却不能和我甜蜜地亲吻

五月的树
五月的树
美得多么无谓

只能以这样贫乏的
不可言喻的形式
进入我的诗里

2018.4.23

从 容

也许是因为大象很大
很笨
所以大象一切都显得从容

从容地走路
从容地在酷热的丛林里跋涉
从容地扇着耳朵
驱赶蚊虫
从容地用长长的象鼻卷起树叶
从容地咀嚼

不过大象最从容的表现
是它对待死亡的方式
当一只大象感到行将就木
就用自己那最从容缓慢的步伐
从容地走向
那曾收留了它的祖先们的
大象墓地

2019.4.25

东施效颦

在别的树木花草都披上
美丽新装的时候
枣树还是光秃秃的枝干
黑黢黢的身子

在四月的时候
东施们决定效颦

不几日
这些东施们也都披上了美丽的新装
娇嫩娇嫩
小小的叶片
缀在枝头
傻傻的好像迟到好奇的样子
似乎比西施们
更楚楚可爱

东施也不妨效颦啊
一样很美丽

2019.4.19

在菜园子和树木说话

对不起
前年移栽的两棵桂花树没有成活
可是去年移栽的活了
现在已经长出了新叶
绿油油的
我真想为你们"嗯"地对命运大喊一声

还有柚子树
我最喜欢你
喜欢你那绿油油的肥厚的叶子
还有你的花瓣
那种美妙的白色的香气
真香得叫人魂不守舍

还有枇杷树
我也得说说你了
你的叶子有点好笑
肥肥的　厚厚的　还长绒毛
就像一只只肥厚的狗耳朵
但是有什么关系呢
因为只有你结的果实才能叫枇杷
那是我所知道的世间最美的仙果

我最后才来和我的石榴树说话
别看她现在还一副光秃秃的黑样子
但她一旦开花结果
能羞死三个美人
气死五个学问家

2018.3.30

情 人

一说冬天
就像说着情人的名字

北风一夜
吹断了狗的吠声

早晨起来
到处都是冰冷冷的
一切都是亮晶晶的

枯枝掉了下来
水面结成镜子
白菜沾着冰晶

冬天的脸是冰的
心却是清的
一忍不住
就哈着热气
在寒气里喊一声

一说冬天
就像说着我情人的名字

2018.1.7

冬天的符号

寒风凛冽的时候
一只只鸟就成了寒鸟

寒鸟栖在拐着的枯枝上
栖在啸叫的电线上
栖在冬天的屋檐上
就成了一幅幅寒鸟图

一只只可爱的小鸟
就这样
在冬天的天宇下
将自己投射成一只只
一枚枚
一点点
凛凛的冬天的符号

2018.11.9

猫　语

　　"喵……"
是那只猫在和我打招呼
意思相当于'hello"

　　"喵呜……"
则相当于说我爱你
每次那只可爱的猫这样表达的时候
我也就说
　　"喵呜……"
意思是说我也爱你

有时候这只猫看见我来了
一面在我面前的地上打滚
洗脸
一面喵呜喵呜地叫个不停
这是她在向我表达亲昵的爱
这时候
我除了也喵呜喵呜地叫个不停以外
其他的就有点手足无措

这些猫语
是我和这位猫朋友

不　猫情人
交往半年以后
所学会的一门"外语"

至于这件事的起因
实则是我无心地
解救这只猫于一次危难

2016.4.20

第四辑　有树陪着的日子

母　体

半夜醒来
发现静谧而温柔的夜
如温柔的母体静静包裹着我
透棂是穿窗而过的清新甜甜的风
窗外镶嵌的是
蓝天和星斗

原来我是如此的幸福啊

老子说得对呀
天地一玄牝
都是那至亲至爱的母体

2018.5.16

铁 栅

铁栅栏里
长着一片碧绿美丽的苎麻
实在太美丽
我不禁驻足
不禁伸进手去
隔着铁栅
抚摸着一片片叶子

摸着摸着
我却突然想哭
世界这么美丽
我却永远带不走一片叶子

2018.6.6

事　件

山中宁静
没有什么事件发生
只不时地
枝条轻轻摇晃
一些叶片划着轻悄的轨迹
飘落在地
发出喋躞之声

哦
日子如此静美
每一棵丰茂宁静之树
都像一位卡梅伦

2015.10.24

多声部

雨天开始的时候
是轻轻的女声的
淅淅沥沥
淅淅沥沥
声音柔美而清丽

女声唱着唱着
山溪的
小河的
男中音就加入进来了
哗啦哗啦
哗啦哗啦
河水奔流着
声音响亮而激越

最后
是大河那雄浑的低音部
加入进来了
轰隆轰隆
轰隆轰隆
整个合唱进入了最辉煌华彩的篇章
这时候

高音部那一万根琴弦
中音部那一千把琵琶
和那雄浑的一百部大河的竖琴
万弦齐发
奏起那天地间最雄浑激越的乐章

2020.4.11

草

人老了
偏偏喜欢草

蒲公英
那么梦幻
车前草
那么娇嫩
猫儿草
那么有趣
含羞草
那么神奇

哎呀
还有无数无数
我说不出名的小小草
它们都是轻轻柔柔
每一棵
每一片
都是我的小棉袄

有树陪着的日子

这有树陪着的日子
无往而不是日子啊

当有阳光的时候
树就静静的
享受着阳光的抚摸

当雨来临的时候
每一片树叶
就发出欢悦的
密密的簌簌的声响

当小凉秋的阴阴的日子
树也很识趣
她们也静静的
迎合着我静静的情趣

哎
谁能像树
这般友好地陪着我呢
无论我是在幸福的时候
还是在悲伤愤怒的时候

都是这些树

这些闪着绿叶

静静的树

最先理解了我

这有树陪着的日子

奢求无多

且无往而不是日子啊

2017.4.23

黄金树

黑夜中我忽然睹见一棵黄金树
那金光灿烂的景象我无法述说
难道是我倏忽睹见了天堂的远处
还只是我一时神思恍惚

这棵黄金树
在我眼前闪现
仅只有闪电闪耀的那么一刻
可是那枝枝丫丫金光闪耀的形状
在脑海里却如那铜鼎的镌刻那么深入

不错
它是一棵大树的形状
每一脉枝干枝丫
也恰如一棵巨树般分布错落
只是它似乎又不同于我每日凡眼所见
是的　它更纯粹
是树中之树
是一切树的源头和结果

我只是不懂得
难道上帝或佛的形体

竟是一棵金光闪耀的黄金树
抑或是上帝或佛竟如我一样热爱树
就凭了一棵树的形体显露金身

或者竟是
天堂也犹似我的故土
在天堂村的村口
长着一棵黄金树

2016.12.1

后 记

　　我从前喜欢打这样一个比喻：诗人写诗就好比母鸡下蛋，是有定数有限制的，首先要像母鸡的肚子预先就存着若干的大大小小的蛋黄，然后因各种因缘际会把这些蛋黄变成诗，把它下下来。

　　有点意思的是，在整整10年以前，当我出版了我的第一本诗集《一泓一泓的阳光》以后，有很长一段时间，我感觉我不能写诗了，即使很多时候勉力地写，也写得很不如人意。这时候我就自我调侃，完了，肚子里的蛋黄没了，我的诗写完了。这样的所谓低谷期大约过了一年，不知不觉的，我不知什么时候又开始能写了，在状态好的时候，隔几天就能写一首，有时候一天甚至能写好几首，那种不知所为何来的丰硕，是连我自己都感到惊奇、不解的，我肚子里何时又生成了这一大波新的蛋黄呢？这么多灵感的蛋黄究竟是怎么生成的呢？

　　这样的状态大概持续了10年吧，所收获的诗，有500余首。当然，现在自己回头审视的时候，这500多首诗，是不能够让自己都感到满意的，现在编在这本集子里的诗，仅有200余，不到我写出的一半。总之，我自己稍不满意的，就被我无情地淘汰了。

对自己的诗，我自己不方便评价，但有一点可以肯定，我决不写无病呻吟的诗，决不故意搞些莫名其妙的词语故弄玄虚。文学，首先是诚实，诗也是，更是。

泛泛地说来，这不是一个诗的时代，甚至可以说，这是一个诗空前式微的时代，我作为一个落寞无名的小人物，自然无能为力，但我相信，诗，这一文学上的皇冠，不会永远如此沉沦！

"天意君须会，人间要好诗！"

373

后
记